中国短经典

一个平淡无奇的夜晚

宋尾 著

人民文学出版社

图书在版编目(CIP)数据

一个平淡无奇的夜晚/宋尾著．—北京：人民文学出版社，2022

(中国短经典)

ISBN 978-7-02-017431-7

Ⅰ．①一…　Ⅱ．①宋…　Ⅲ．①短篇小说-小说集-中国-当代　Ⅳ．①I247.7

中国版本图书馆CIP数据核字(2022)第157443号

责任编辑　卜艳冰　邰莉莉
封面设计　李苗苗

出版发行　人民文学出版社
社　　址　北京市朝内大街166号
邮　　编　100705

印　　刷　上海盛通时代印刷有限公司
经　　销　全国新华书店等

开　　本　889毫米×1194毫米　1/32
印　　张　8.75
字　　数　162千字
版　　次　2022年10月北京第1版
印　　次　2022年10月第1次印刷

书　　号　978-7-02-017431-7
定　　价　55.00元

目录

一个平淡无奇的夜晚 001

大　湖 023

礼拜一闭馆时刻 053

我们的清晨 075

那些荒芜的雨滴在夜里明亮极了 097

两个人住 119

找狗的人 149

一个没有准备的地方 177

下汉口 199

聋哑人集会的地方 219

一个平淡无奇的夜晚

那天我像往常一样睡到中午醒来。一直到下午四点前，我始终在房里待着。我看了一会儿书，看了一会儿电视——一台金星牌的十四吋黑白电视机，不知我妈是从哪儿弄回来的旧货。下午不可能有什么吸引人的节目，如果没有球赛重播的话。于是我躺回到床上，胡思乱想。我记得当时我还剩了三支红梅烟，我把它们并排搁着，夹在一本过期《家庭》杂志中。几乎隔一阵我就要翻开杂志，看看它们，然后把杂志合上。我不能不保持应有的谨慎，我还要指望它们支撑我度过这个下午。如果烟抽完了，而这个白天还没结束，我想这会是比悲哀本身更悲哀的事情。至于晚上？那是晚上的事。我很少操心接下来将要发生的事，因为“接下来”显然不是我能决定的。再说那时我妈也该收摊回来了，拖着那辆沉重的板车，上面满满八个蛇皮袋里堆积着她人生的全部，总共一千多册书。她靠出租别人的故事为生，可她自己的故事连一行都占不了。不过她多少会带回另一点我需要的东西。比如，一点零钱。她厌恶我抽烟，但仍然会给我一点钱，就像她完全不知道我会将这钱拿去买烟一样。这种逻辑很奇怪。有时——比如现在——我很盼望她早点收摊，似乎她能带回另一种更昂贵的玩意——希望。只是很多时候，希望也不受我们自己控制，而只能是一种礼物。刚刚翻到的那本杂志里一个大人物是怎么说的？“生命的馈赠”，对，是馈赠。

我重新将《家庭》杂志翻开，踌躇着该不该现在就开始抽掉其中一支烟时，楼下突然传来了海棠的叫声。他是在喊我的名字。在他的声音里我听出了一丝喜气。我妈说得对，穷是掩藏不住的。喜气这玩意也是。

海棠的叫唤让我在浑噩中突然感到一种振奋。不管怎么说，有朋友来是好的，这是大概半个月以来第一次有朋友来找我。而且我想他烟盒中的烟至少会比我多，而且我还可以先抽他的。这是一个机会。当你穷的时候，几乎是没有什么可失去的。

“又在摊尸啊！”他在下面挤眉弄眼的，“下来。”

“干吗？”我站在阳台，脸冲下面。

“下来吵！”说完他缩回脖子，走进到屋檐下的一团阴影里。

我回到房间，在床沿下找到了一个踩瘪的空烟盒，把杂志里那三支红梅烟收进去，小心地塞到枕头下面。然后下楼。

他好像已经等了半辈子。眼皮儿翻着，极不耐烦地拉着我就走。“妈的！像个婆娘一样，磨叽磨叽，”他压低声音，“小鸥来了！”

“小鸥？”我不得不疾走才能跟上他的步子，“在哪？”

“在汽车南站，还带来两个女的。”他得意地冲我挤挤眼。

“两个？”我以为自己听错了，但没有。清清楚楚是“两个”。

“两个！”兴许是兴奋的缘故，他的眼睑比平时更加肿胀，“我们要发财了！”

“你有钱没？”他话锋一转，“我身上钱不够。”但是也没说具体有多少，干什么不够。

呃，于是我花了一点时间向他解释我为什么身上一分钱都没有，但这显然不值得解释。当然我也看出来了，他之所以来找我，除了兴奋，也揣带着某种“希望”：比如我能在哪弄到一些钱以及除此还能做些什么。

“那——”

他简直不相信还有人比他更为拮据，于是换了一种方式，让我负责吃饭问题，“你去找个馆子呗！”他理直气壮，“我刚买了一包烟。”

我认真地想了想，告诉他已经不可能再有哪一家餐馆会蠢到同意让我继续赊账了。

这时我们已经走到南湖菜市场的大门外。我们现在要去南站接小鸥跟她的两个姐妹，但我们所有的口袋里都没装一分钱。

“那怎么办？”他愣了一下，骂道，“我×，你怎么穷得渣都不剩？”

“你还不是，荷包里连灰都没得！”

我们带着某种绝望和焦躁交织的心情，在菜市场石牌坊下情绪激昂地互相攻击，直到我们所有女性家人（包括死掉很久的）都被羞辱了一百遍。但我们很快发现这毫无意义，而且也不允许我们继续这样斗嘴皮子——他的 BP 机上又来了一则信息，她们等了很久，已经等得极不耐烦了。如果我们再不到，她们就准备乘长途车去其他地方了。

我只好硬着头皮选择了一项：“住宿，我来解决。”至于吃饭，我提示说：“你看南湖这里有没得熟人？”

他眼前一亮。

我就知道他会马上想到自己的那个技校同学，陈亮。他就在南湖城管执法中队，办公室离这不到六百米。

我在原地等着，海棠去了一刻钟不到就跑回来，手里捏着一张十元纸钞。“搞定了，他说没问题，晚上吃饭他安排，”他咧着嘴，“妈妈的，有姑娘还是好使啊！”

我们坐上一辆麻木（电三轮），她们在汽车南站——只隔着不到十分钟路程——就像某种巨大的希望伫立在那里。

在轰隆隆的麻木上面他忘记了刚才的不快，开始热烈地和我讨论接下来将要做的事，比如我们要怎么操作，比如我们要去找哪个朋友去借贷，把我已经欠租几个月的那个门店续租下来，比如我们还要尽快通知哪些必须通知的朋友，甚至发财之后我们必须要做几件什么荒唐的事。比如我记得他意气风发地说，等他发了财他要到富豪宾馆开一个套间，一次叫十个女的，脱光了等着，等着我们不慌不忙地喝完一整箱冰啤酒。

但是，不会再有比这更荒唐的事了。当我看到在加油站前空地上和小鸥站在一起的那两个女人，以及那几个参差不齐的编织袋包裹，那种因为受到蛊惑而暴涨的希望遽然消失。之前在路上我们全部的盘算都化为乌有。那两个女的，要说是我乡下的表婶也没人不信。她们的模样看起来让人伤悲，那是一种只有从黄土地里才能提炼出来的呆滞和土气。

海棠走到小鸥身边，怪声怪调地说："×，你的姐妹也太年轻了吧！"

我尽量让自己平静。这是我跟他唯一不同的地方，我已经学会了如何在失望中克制自己。

实话说，看见小鸥我还是挺高兴的，我们快半年没见了。

她也没料到我会出现，问我："你是什么时候出来的？"

"个把月了。"我告诉她。然后替她把行李提起来，沉沉的一个箱子，人造革的。那个箱子本身占据了重量的至少一半。

"你瘦了，"她盯着我看，"瘦得有点脱形啊。"

"我在拘留所多待了三个月，"我解释说，"可以少交几千块的罚款。"

"哦——"她拖长了尾音，带着一丝怜惜，那种情感我还是能够分辨的。

海棠在街上招手，嗤的一声，一辆面的刹在了对面。我把她们的行李依次放进后备箱里，坐上车指挥司机：“南湖市场。”

之前，陈亮说给我们联系了一家新开张的酒楼。但是，我们最终去的是屠宰场背后的一间苍蝇馆子。

事实上这完全是可以预见的，当他见到海棠带来的这几个女人，站了不到三分钟，就借口说单位找他有急事，拔腿溜了。

我点了一个杂烩汤锅，让海棠陪她们坐在这个黑黢黢的小食店里，自己则疾走到南湖另一头，那里是酒类批发市场。因为走得过急，我不得不在隐蔽处歇了口气，让自己看起来平静一些，然后佯装恰好路过唐氏啤酒批发店，很自然地“发现”了坐在柜台后面的唐伟。他是我的初中同学，我们恐怕有六七年没见过了。当然，要是经常打照面，我也就不来了，来了也没用。

我们趴在柜台上寒暄。比如某个同学最近生了娃，比如他最近的生意如何。他的回应里带着一种空洞的热情。毕竟六七年没见了嘛，这里有一个巨大的空白。我们就这么在柜台前轻松地叙了十几分钟的旧，直到我觉得不能再拖了。我于是开口了：“能不能借五十块钱，明天来还。”他表情突然警惕起来，问我：“你要干什么？”我说家里来了一些亲戚，来买点菜和油，但发现出门忘记带钱了。这种鬼话，他肯定不信，狐疑的目光上下打量着我，“你狗 × 的……是不是在吸毒哟？”

当然不是。虽然我看起来跟他们一样干瘦枯竭，但对我来说这是不可能的——我连烟都吃不起，还配吸什么毒。

他问了我至少七次“借钱干什么”，最后还是借了。因为他意识到要是不借，可能我就一直这样杵着不会离开。要不是他远远看到自己老婆从街对面穿过来，也许我们两个人还要继续这么僵持一段时间。那场面真让人印象深刻啊。他从柜台下的纸盒里迅速抽了几张钱塞在我手里。不多不少，三张十块，算是打了个六折。这就是生意人啊。我赶紧往回走，与他一脸疑惑的老婆擦身而过。

那么一瞬间，我突然理解了陈亮，虽然他总体上是一个出尔反尔成性的家伙，我也原谅了他。他预支了十块钱，发现自己上了当，他不可能再付出更多了。

三十块钱不少了。可以让我们五个人吃一份十八元的杂烩汤锅，一斤勾兑高粱酒，还能加一份五元的配菜，还能剩下五块钱，可以买一包红梅烟预留给明天——我悄悄揣进了兜里。我至少有半年没喝酒了，海棠也是，酒精让我们遗忘了生活的种种艰辛。他甚至可以开始幻想晚上的事情了。

一路上，小鸥一直有些不安，找机会向我解释说，她根本没想到我也来了，她说这几个是她的表姐。

我告诉她不必如此。我说我已经没做这行了。

她仍然在努力解释。“其实我一直在帮你找人，但是我们那里稍微年轻一点的姑娘都被带走了。”

“知道的，都往南方跑。”我表示理解。

“我要是再年轻几岁就好了！”她满怀歉意。

我被警察逮走之前，小鸥曾经在我那间发廊里干过一段时间。说是发廊，但我店里没有任何洗剪吹的工具，也没有按摩设备，除了床，还有一把黑色的仿牛角梳子。也根本没有女人，只有我，还有像海棠这样的常常来鬼混的朋友。我那个发廊开了半年，一直都没能找到一个来坐台的女孩，除了小鸥，她是唯一一个在这里短暂滞留过的。小鸥是海棠从一个乡镇码头上的私人旅馆里带出来的。海棠每年总有几天会变得很有钱，因为那几天，他的单位——某乡镇采购站在收棉花的那几天，总是放着不少现钱，每次他都忍不住抓上一匝，他抓得也准，每次都是五千。然后他失踪，在城头挥霍完那笔钱。到年底前，他父亲会用一年来勤勤恳恳攒的积蓄帮他还回去。那次，海棠在镇上的河街旅社里认识了她，跟她鬼混了几天，然后就把她带到县城里来了，住在我那间发廊里。“她叫得很好听。”海棠说。我觉得也是。他们第一次来我那里，就迫不及待上了三楼，我在楼下都听得到她的呻吟。有一种跟她相貌极不相符的诱惑力。“真的很好听。”我第一次觉得海棠说得对。

可是小鸥有种说不清的顾虑，她总说不适合这里。“我要是再年轻几岁就好了。”她还总说自己出来得太晚了。

我尽力挽留。她走的话，店里就只能唱空城计了。有她跟没她，区别还是很明显的。毕竟有个女的才像个发廊啊。其实我看不出她到底多少岁，对这个我很迟钝。当然我也没问过她。看起来她也并不怎么老啊。她待了一个月，还是走了。走之前她说，会帮我找两个年轻点的姑娘。我知道这是套话，没再强留。说来说去，她是对的。我也认为在那种更为低级的旅店里接待那些穷困潦倒的中老年顾客，她会有一种明显的优越感，那让她自在。

但我们在一起的那段时间还是很愉快的，她甚至会帮我们做饭、洗碗、接待客人，像一位尽职的老板娘，要是晚上她陪我睡觉而不是海棠的话。

她刚来那几天，我经常陪她到街上购物。她买的内衣都是从汉正街打来的水货，做工实在太粗糙了，线头都拣不干净，她并不在意。“样式是新的呀，蛮好看的嘛”。偶尔也给我聊她的私事，她有两个孩子，大的是女孩，小的是男孩。她不怎么提起自己的丈夫。她的洗发精也是我陪她在批发市场买的，十五块钱一桶，散发着浓郁的香精味道。我提着它，沉甸甸的，跟在她身后，像一个尽责的年轻丈夫。

我们从菜市场那间没有名字的苍蝇馆出来，天已经要黑了。眼下我得领着她们去找落脚的地方。

那是沿河街一条偏僻小巷里的私人旅店，我跟那个老板并不熟，但我猜到他的旅店肯定愿意接收这三个女人——很久前我去晃荡过几次，我知道在那么偏僻的巷子里开设旅店意味着什么。而且我知道，对我不算是希望的东西，对别人来说未必。

这个老板姓牛，我简短地跟他讲了一下来意，我说我在开发区做发廊，是同行。这几个女的，有一个原来在我那做，但她们的年纪偏大，不适合那边，所以我把她们带到这里——你看你需要不？牛老板表示欢迎。“那就留在我这儿噻，”他带着我们上了四楼顶层，指着几间房说，“随便你们要哪几间，这层都给你们。”

我给她们选择了一个三人大间，将她们的行李放进去，再告诉那两个女人——怎么正确使用洗浴室的热水器。她们挨个洗澡，接着是洗衣服，再接着是找地方晾晒。她们不习惯让自己闲着。

她们洗澡，我提了两壶开水上来泡茶，茶叶是楼下牛老板从罐子里取的花茶。上楼前，牛老板喊住我，塞了盒烟给我。“是个心意。”他一边说，一边就退到门房内。我拿手指蹭了蹭这盒精装白沙烟的套膜，迅速把它塞进兜里。

我上去时，小鸥已经洗完了，头发湿漉漉地从浴室回来，海棠眼睛被酒精烧得通红，说：“你们先聊，我也去洗个澡。”然后猴急地跑进浴室。我泡了两杯茶，分了一杯给她，她拿毛巾擦拭头发，道了一声谢，突然问：“找女朋友了没？”

“没呐，”我喝了一口烫茶，肠胃马上暖和起来，“谁跟我呀？”

“不啊！我就觉得你蛮好的，”她说，“真的蛮好。”

“我自己是看不出来。”

“说实话，我没见过几个像你这样的好人，”她顿了顿，似乎在试图组织语言，“你很体贴，又很细心，还耐得烦。”

“没人要我。”

“那都是迟早的事，总有好女人会遇得上你。”她擦完头发，岔腿坐在对面的床铺上，我的视线正好对着那里。我心虚地收回眼神，几秒钟等我再度窥向那边，那两条腿已经缝上了。

我觉得身体里有什么在流动，难以言喻的焦躁。

“要是我年轻时遇到你，我肯定嫁给你。”

这句话让我愣了一下，不是因为这句话的内容，而是因为那种不知何处来的笃定。她突然笑了笑，伸出手：“有烟吗？”

我拆了那盒白沙，将烟和火机给她。她点烟时，火光映亮了右脸，像是一座褐黄色的石像被点燃，霎时就熄灭了，细密的鱼尾纹又回到了原来的位置。这时我才理解她当时离开的那种心情，她确实比我想象的要更老一些，比我记忆里更黑一些。但我喜欢此刻这个她，有一种尚未消融的温度。

我们默默吸烟，其间她的两个伙伴相继洗完衣服回来，打开各自的行李箱，继续整理，仿佛有忙不完的事情。

随后，海棠赤条条的，拎着衣服，一跳一跳地缩着脖子进到房间，黝黑的阳具在胯间晃荡，他怪叫着：“妈哟，浴室里没有毛巾。”

女人们夸张地嬉笑起来，小鸥从衣架上找到自己的毛巾，递给他说：“也不晓得丑！”

他哆嗦着抹干身体，将自己重新套回到衣服，BP机响了，他哆嗦着，用咨询我的语气说：“陈亮问我们在哪儿？”我不想回答这个问题。“随你。”

“那我喊他来了啊？”他瞪着我。好像这件事儿我能决定一样。

“随你。”

我不喜欢那个家伙。我不怕别人比我穷，我只怕有的人比穷还现实。尤其是经历了那顿落空的晚饭。

海棠还是下楼了，去底下客厅借老板的座机。上来时他带了一副扑克，说要斗地主，但没人应和。最后我们还是被他拉到床铺上玩牌。小鸥没在，她要洗衣服。

我们玩到第三把时，陈亮来了，带着一丝酒气，看都不看我们，径直走向女人们，他个子很高，双臂张开，将两个女人一同抱在怀里，使劲摇晃几下，像个黑色的怪鸟，呜呜怪叫。她们手中的牌掉了一些在地上，并不惊慌，反而十分配合地嬉笑着。她们已经适应了此地，适应了我们，也适应了这个随机的环境，她们有这种能力，而且她们一定不会相信这个油头粉面的家伙会是跟我一样的穷鬼。我把位置让出来给他，退出房间，走到阳台走廊抽烟。

“在想什么？”

我回头，小鸥环抱着几个没用完的塑料衣架站立在我背后，离我如此之近。

“没想什么，出来透个气，”我递了一支烟，“要不？”

她点上，深深吸了一口，走到我跟前，我们并排倚靠在阳台的铸铁栏杆上。

“你以前都做些什么？我是说——我认识你之前。”她甩了甩头发，那些水滴有些洒在我的脚面上。

“什么都干过，塑料厂车间待了几个月，后来贩了几年书，也开过音像店，去汉正街卖过服装，”我试着回忆了一两秒钟，然后摇摇头，苦笑，“没一样成过。”

“日子还长，你还年轻。”

“不年轻了。”我赫然想到，再有半个月，我就满二十七岁了。这个世界上有很多跟我一样年纪的人，他们肯定想象不到，其中有一个居然什么都没有，只剩了一点点空虚的灵魂。

“总算是比我年轻吧。”她环抱双臂轻轻笑了出来，好像突然想起了什么可笑的事。

那一刻我突然很想将她抵在墙上，我有大半年没有这么近面对一个女人了，近得我闻得到她身上的气味，不是香皂味，不是洗发精，不是清水冲洗的味道，是成熟女人的体香，是肉体的味道，是一种原始的味道。我的欲望娴熟地活动起来，那是我身体里另一个孤魂野鬼。

“做点其他的正当活路吧，”她吐出最后一个烟圈，“你不是那种人。”

“我是哪种人？”但我来不及问。海棠跑了出来，喊魂一样：“小鸥，小鸥。”

“来啦！”

她朝我一笑，抱着衣架回房去了。

她离开后，我又抽了一支烟。仿佛只有不停吸烟才能压制我的焦虑，我体内的欲望，才能把它们矫正得像我的脸那样。理性的。无所谓的。

当我回到房间，海棠抱着小鸥，躺在床上吸烟。

“陈亮呢？”我问。

“喏，”他努起嘴，示意我听隔壁房间，“那么激烈，你是聋啦？”

“我走了。”听到床板剧烈的晃动声，我突然很泄气。小鸥说得对，我不是“那种人”，有很多事，我真干不来。

“有病呀！”他眼睛鼓起来，喊道，“走什么嘛！”

“就是，就在这里睡嘛，”小鸥跟房间里另一个女人说，“你们到旁边那间去嘛。”又和我说：“她陪陪你。”

那个女人朝我走来，面对我坐在床沿上，突然伸出脚尖蹭了蹭我裆下。我往后退了一步，她夸张地笑出声来，好像看见一个什么特别好笑的东西。“哟，他还难为情呀！”

“走了。”我说。我觉得自己要爆炸了。我觉得那个兑水的高粱酒要把我的脑子烧坏了。我觉得自己焦躁得发抖。而且，我清醒地感受到我的手指在抖。

“真走啊！”海棠跳下来，揽着我的肩膀出了房间，低声说，“你妈的，发哪样神经啊，现成的女人你不搞。”

“我没带钱。”我不知为什么说了这样一句。我的潮湿的手掌伸进裤兜，紧紧捏着那张五元的纸币。

“钱？什么意思？妈哟，你脑壳是不是长包了！”他眼珠瞪出来，难闻的酒气从嘴巴里涌出来。

“算了。”我说。

我将目光转开，正好与小鸥的视线撞到一块。她看了我一眼，从床上下来，告诉海棠：“我跟他说。”

海棠蔫着脑袋去了卫生间，很快，尿声响亮又粗野地溅到我们的耳朵里。她歪着头问道：“怎么了？”

“没什么。”我说。

“不要紧的，你就睡这里。”

“还是回去了，明天再来看你们。”

“何必呢，这么晚了。真的没事——我刚刚已经跟她说了。”她瞟了一眼她的那个什么没出五服的远房表姐。

“算了。”我不知道自己在挣扎什么，那种感觉很不好受。

“那好吧，要不你明天来，”她顿了顿，小声说，“明天下午。”

我的心像被什么戳了一下。我不知道该怎么回答，笑了一笑，但可以想象我笑得实在有点难看。

“我走了。”我装着很镇定。

“明天见!”她在楼梯口挥舞着手，一脸微笑。

第二天，我没去旅馆找她。

我被一种可怜的自尊捆绑住了。虽然我看起来是完全自由的，我可以去我想去的任何地方。从我家步行到那个旅店，只需要八分钟左右。虽然之后几天我一直待在家里，整日焦虑着一件事：要不要去找她？可是我做不到，我被一种无法形容的东西束缚了。

一段时间后（大概十二天左右），我收到一张汇款单，是一个外地网友给我寄来的。我们是在一个诗歌论坛上认识的，经常互相回帖。他读了我很多诗，认为我完全可以来他这里试一试——他承办了一个企业内刊，缺一个写稿的记者。“我是怕你三心二意的，所以，干脆把路费先给你寄来，免得你反悔。”他说得十分委婉，让人感激。

这笔钱同时带来了某种久违的东西，我的自尊，我的希望，都回来了。我终于有钱了，我可以毫无障碍地去那个小旅馆找她。可是在四楼我并没见到她和她的姐妹。我也没见到牛老板。一个妇女——或许是他妻子——坐在底楼客厅看着电视剧。下楼后，我问她，楼上那几个女的去哪儿了？她不无怨气地告诉我："抓走咯。"

她说她们来的当天深夜，撞上了治安队的突击检查，当然也可能是被人举报了。治安队一共来了十多人，直接冲上楼，踹开房门，把所有人从被窝里提溜出来。他们准备将这些收获品带走时遭到小鸥的反抗。她说我跟我男朋友在一起睡又不是卖。治安队把海棠带到另一个房间，蒙着头，捶了几分钟他就受不了了。他指认了她。在带她下楼时她突然发疯一般，张嘴咬住一个搀着她的联防队员的手臂。后面七八根电棍落下来，棒击着她身上各个暴露部位。她倒地后，仍在不停地抽搐。随后她被带上车，之后的事谁也不知道了。

"听说有个人提前走了，"这个老板娘恨恨地诅咒道，"肯定是这个小狗 × 去举报了。"

"他为什么要举报？"我反问道。

"还为什么？举报一个奖励两百！你以为呢！"

我再也没见过她。

甚至，我也再没见过海棠。第二天我就离开那个小城，搭车去了武汉，乘坐 T258 次火车去了重庆。过去的十五六年，我很少回去。我跟自己的过去断绝了联系。不知不觉我变成了一个看上去也算得体的人，一个似乎还算优越的人。可仍然有一种声音不曾放弃对我的提醒：

那些难忍的日子被你遗忘了吗?

你生命里的某一部分你还记得吗?

比如这个夜晚，在办公室签完校样后，我从位于上清寺的杂志社回家，穿过观音桥隧道，在新牌坊路口时，红灯亮了，在有些漫长的等待中，我随手打开了车内广播，定格在交广频道——两位主持人正在兴致昂然地讨论一场“流星雨”，他们说“这是一个注定被永久铭记的日子”。是“百年一遇”的。似乎那是极为难得并价值非凡的一天。他们那种几乎失控的热烈的声音吸引了我。接下来，他们开始分别回忆自己的经历，他们当时一个正读初中，另一位年长的则已经上了高二，他们和身边所有人都在关注和期待着一件壮丽的事情——本世纪最为庞大的一次狮子座流星雨将要降临地球。随后他们接通了几位听众，回忆往事时的那种激越的情绪都是相似的。最后一位讲述者是位女性，她说当晚她和一个心仪的男孩相约去楼顶观看流星雨，还许下了心愿。可惜的是，最后他成为了别人的丈夫，自己也成了另外一个男人的妻子。她甚至还记得那个准确的日期：二〇〇一年十一月十九日。

就在她平静述说的时候，我忽然很清晰地发现了一个事实，那个所谓的被称为“新世纪盛典”的时刻，就是我最后一次见到小鸥的那晚。

那晚，我从旅店冲出来，揣着五块钱和剩余的几支烟，扛着那个因为灌了不少勾兑酒而变得昏重的脑袋，在大街上漫无目的地疾走。我没往家的方向，也没往其他的方向。我不知道为什么要这样走个不停。我只知道不能让自己停下来。要走得更快才行。

走着走着，在黑暗里传出一阵零星的尖叫，一些年轻的男女站在高高的古城堤上仰望夜空，手臂扬起，在指指点点什么。我突然被那种情绪感染了。在广袤的夜空，显示出了令人窒息的神奇——偶尔划过一两颗流星，拖着烛焰一样美丽的尾巴，然后，它们越来越多，像调皮的孩子在天堂放焰火一样。又像是一个寂寥的人，一根根地划着火柴，划一根，扔一根……无数颗流星划过那儿，拖曳着长长的尾声和某种难以言喻的骄傲。

我还记得，我被这些尖叫声所吸引。我在广场上停下脚步，像他们那样，仰望深深的夜穹。几秒钟，仅仅只有几秒，我便感受到，它们正向我飞来，鱼贯进入我的瞳孔、嘴巴、鼻腔还有腹部。它们尽情演出，自由而酣畅，就像是一种巨大的空虚和一种巨大的满足交织而成的什么东西。我呆呆地望着它们，忽然哭了。我甚至不会正确地哭，那些眼泪，它们就像是从我耳朵里流淌出来的。

大 湖

我要讲的这件事并非我的经历。老实说，这不大像一个真实的故事，但我竟深信不疑。

那是初夏时节，老炼的私人园林“滴水园”在历经大半年周折后终于小范围开放了。任三甲、张尹和我，作为报社前同事兼常年牌友，约了同往龙山路他的小区去恭贺。我住得远，临到时，他们等不得，已经先开吃了——席间还有一个陌生面孔，说是任三甲的朋友，警察，从渝东南来重庆办事，两人见面，顺便把他捎带来了。

我们五个人一共喝了三斤果酒。老炼用纯粮食酒泡制的各种果酿，在这座山城的少数圈层被广为称颂。之后，围坐露天的石桌旁，泡了一壶生普，闲摆龙门阵。泡到第三开，老炼跟我们分享了一件很神的事：几日前，他在下半城的中兴路淘到一包相当有年代感的卷宗，里面装着一叠检举材料。他翻了翻，赫然发现，其中几篇的落款跟他老汉一个名字。回家一问，就是他老汉。

这也太巧了吧，我们嗟叹。

张尹这个人喜欢抵黄[①]，他说，这也算不得多神吧。

① 重庆方言，指唱反调。

那你给我们说一个更神的！我们声讨道。

然后他便给我们讲了一段前不久看的电视节目。

某天，一个村民在自家院子里发现了一件血衣，觉得蹊跷，迅速报了案。警察随后来了，但没有其他更多线索，毫无进展。后来，同是这村子，又有人来报案，说一个男娃儿失踪了。警察觉得，是不是可以跟上个报案联系起来？于是重新排查，还真在血衣附近又找到一点血迹，血量极少——也不能说明什么。可你想想，一个人不见了，在某个院子里又发现了血衣，明显是有问题的。但你说谋杀吧，又没有尸体。警察完全找不到突破口。又过几天，那个失踪者的姐姐从外地回来，上派出所找警察，说她做了一个梦：弟弟鲜血淋淋的，告诉她自己被人谋害了。并且还说了非常具体的地点，就埋在村子西北方向的铁轨旁边的树林里——

我们的好奇心被勾起来了，催促张尹赶紧往下讲。

关键是这个姐姐——跟弟弟相隔上千里呢！警察当然是不信的，谁听说过靠托梦来破案的？可这个姐姐不依不饶，跪地求警察“按弟弟说的地方”去查查。后来，警察还是去了。到了那一片，还真和这姐姐描述的很一致。至少观感上，是绝佳的抛尸地。离村子很远，接近无人区，平常不大可能有人过来，而且路边还有一片灌木和树林，极好隐蔽；接着，他们真在树林里发现了一堆新土。顺着它挖了一米多深，人就在下面埋着。

大家一阵嗟叹。

老炼说：会不会村里有哪个人是知情的，但自己不敢暴露，就把这弟弟被害的信息传递给姐姐？

你这个疑惑，我也有，张尹说，可是记者调查啦，他姐姐根本没收到什么报信，甚至出嫁十多年很少回来。所以我说——这才叫神呀。

据说人的意识确实是可以“漫游”的，任三甲说道，我在科教频道见过这种案例，但我不晓得真假哈，电视节目嘛，好多都是编排出来的。

编排？张尹冷冷一笑，麻烦你清醒一点好不好，这是央视播的！

还真有点鬼扯淡……老炼瞟见任三甲的朋友，眼睛一亮：正好，这里坐着一位专业人士，托梦破案，这种事可能吗？

也有可能的，这位客人说。

众人哗然。

客人笑道，其实梦境破案并不稀奇，古代探案就常用，有史可查的。前两年，云南有一起凶杀案，也是被害人托梦给他姐夫，才得以找到尸体——最终以此捉到了凶手。可能很多人觉得，破案要靠证据。可现实却是，有些案件往往是靠警察个人的直觉来完成的。什么是直觉？很多人说直觉是一种经验，其实更多时候是一种天赋。不妨说，是一种神秘的感知和沟通的能力。

张尹笑说，你一个警察，怎么也这么迷信？

照你这么说，科学也是一种迷信。刻卜勒打开苯环之锁的钥匙，门捷列夫的元素周期表——怎么得来的？都是在梦里得到的启示啊。客人说，要不我也讲个自己的故事吧，你们就当玩笑，听听得了。

小时候，我单独跟父亲生活过一段时间。他是基建工程师，一辈子待在铁道系统。我们常常在一个地方待一段后又开始迁徙。可能正是这个原因，母亲在我还比较小的时候，大概八岁吧，离开他，找了一个终于不用四处挪动的家。两年后，也就是我十岁时，母亲在郑州稳定下来，把我接了过去。这事就发生在母亲刚刚离家那个夏天。我生了一场病，经常低烧，被隔离在家里。那时父亲负责的一项工程眼看要到很关键的时期，没法照顾我，干脆就把我送回老家。因为生病的缘故，路上我一直晕乎乎的。只记得换乘过两趟火车，然后转公共汽车，下车又在田埂上走了很久，天黑才到那个村子。那是我第一次到父亲的出生地。兴许是体力不支，到之后我就沉睡，一直睡到第二天中午。醒时，父亲已经走了。

回老家后，虽然还在发烧，但我的精神渐渐变好了。老家是江汉平原上一个孤零零的村子，没几户人。房子是木混结构，顶覆青瓦，前半边是堂屋和厢房，后面还有一间厢房，挨着厨屋。厨屋出去就是一个小院，有一个大水缸，沿墙根儿栽种着植物，月季、鸡冠花、葡萄藤，都是乡下常见的。房舍前面是一块平整的坡地，坡下再远一些是一个湖。在一个孩子的眼里看来，那个湖有点浩渺。房舍背后，是一座山。严格来说，只是一座丘陵。

家里就祖母一个人。清早给我准备饭菜后就下地，中午回来给我做饭，下午又在田里，不下地也不闲着，刚放下簸箕，又拿起针线，反正手里总有活计。在村子里我无所事事，像我这个年纪的小孩几乎没有，只有一些老人。我整天坐在门槛上，也不知道想些什么。反正我每天可以看到那片大湖，尤其是早晚，那里被一层薄雾笼罩着，那些水雾像纱一样轻，不时变幻着形状，风一吹，那种模糊的形状就会被水草刺穿。有一次我问祖母，那里有什么好玩的。她警告说，你不要去耍水。湖边水草多，危险。又补充说，山上也莫去，有兽。小娃儿嘛，哪里关得住？我偷偷上山逛了一次，不好耍，莫说兽，野鸡也见不着一只。一些黑幽幽的洞穴我又不敢进。后来，我想去湖那里看看。

大湖看着很近，走却要一会儿。那天下午，我穿着背心短裤，走了许久才到达湖边。从我站立的那块坡上看，眼前的湖形状像块狭长的瓦片，它延伸的地方没有尽头。而它两侧的狭窄入口处，却竖立着嶙峋的栅栏，用锈蚀的铁丝围着。为了找到适合下水的地方，就只有往两边走深一些。我选择了左边。这一侧似乎要平敞一些。于是我折转从一片小树林里穿过，这片林子接壤着湖边的沼泽。穿过林子时我的小腿被荆棘划伤了，火辣辣地，不舒服。我想赶紧去到湖边，把腿泡在水里。

湖边水不深，我因为不会水（只是莫名感到亲近），就在浅水里扑腾。泡在水里的感觉很舒服，慢慢地我胆子大起来，一边走，一边试着划。当然是狗爬式。走到大概齐我胸膛的水位时，我突然就踩空了，陷了下去，尽管我飞快地划动手臂，但我的身体却拉着我下坠。我接连呛了几口水，整个人都陷下去，几次感觉脚尖都捅到了淤泥，于是本能地向上扑腾。可是我的胸口闷胀得就像爆炸了，再后来连手臂都挥不动，灌了铅似的。窒息了。

我醒来时天已擦黑了。发现自己光胴胴地躺在一块门板上，耳朵里还灌着水。我侧身看到一种陌生的景象：一排简陋的用泥巴和木板搭成的房舍沿着岸边歪歪斜斜地展开，一些从没见过的陌生人蹲在门口，修补着渔网。一根粗绳索上面，搭着我的背心和短裤。

也不记得是因为害怕还是羞耻或是其他怎么原因，我突然哭了起来。这时屋子里出来了一些人，走过来，围着我，像看什么稀奇东西一样。

一个矮个子的中年壮汉蹲下来，看着我，难闻的酒气从嘴里蹿了出来：你活过来啦？

我意识到是他们救了我，但有些惶恐：这是哪儿？

这是渔薪湖。他说。

你从哪儿来呀？从来没见过你呐。几个围观的妇女问我。

我是刚从外面回来的，我告诉他们，我的家在很远的地方，火车旁边。

火车是什么？

一个声音突然出现在我另一侧，我转过去，看见了一个比我大不了多少的男孩，身上像上了釉一样，闪闪发亮。他蹲在门板旁边，好奇地盯着我。

我说，一种很长的铁车，要烧煤才能跑，所以叫火车。

那小孩一脸迷惑。妇女们吱吱笑，说这娃儿长得多好看啊。

矮汉子见我没事，站起来，回屋了。那些围观的人不久也渐渐回了家，妇女们都钻进了厨屋。我站起来，觉得四肢酸痛酸痛，看见炊烟从房舍的一边缓缓飘出。

那个男孩帮我把衣服收过来，递给我。

我穿衣服时，他突然说，天黑了，你走不成了。

听到不能回家，我又哭起来。

他赶紧说，别怕，明天早上就送你回去。接着又说，晚上我们要捕鱼，你要不要一起去呀？

听说有好玩的事，我又忘记了不知身处何地的恐惧。

你玩不玩这个？他从兜里拿出一串小石子。不会，我说。于是他给我演示——那些小石子被整齐地有规则地摊在地上，随后他用手一扫，这一排排石子就奇迹般地钻进他的掌心，接着他把石子一齐甩向空中，又是一扫，那些纷乱的石子就又被手掌收拢。我被这神奇的动作吸引住了。开始学着他码石子儿，然后模仿他的动作，手掌扫出去时，石子儿也飞了出去，四处都是。他咯咯咯地笑，我有点不服气，抓过石子儿继续耍了起来。他在旁边看着，手把手教我，一遍一遍地，我终于掌握了一点要领：手滑动要快，但手掌在接触地面时要轻，而且掌面要侧翻一些。

一会儿，厨屋里传来吼声：开饭了！

他从地上跃起，拉着我去里屋，中间支一口铁锅，里面煮着鱼和一些青菜叶。也不晓得是不是太饿了，那顿饭我吃得很香，足足添了两次。再后来也没吃过那么香的饭。矮汉紧着我们吃，很少夹菜，手里端一个搪瓷缸，一口一口喝着寡酒。

渔村没灯，晚上静得像是不存在。我跟那个男孩睡一张床，他翻个身就开始打呼，我在床板上翻来覆去，终于睡着了。不知睡了多久，我被扯醒——男孩已经穿戴好了，问道，你还去不去？我说去。他说，那你赶紧，记得——跟着我，不许出声！

一路上，荒野里寂静极了，只有虫豸的鸣叫。快到湖边时，他回头说，轻点。我学着他的样子，弓着背，蹑手蹑脚地尾走到一堆灌木后面，蹲下时，我看到一条黑乎乎的背脊从湖里划向岸边，上岸时突然生出了脚趾一样，十分迅捷地往岸边爬去。这时一群村民从树林里冲出来，拿着鱼叉，朝那条黑影扎去，它凄厉地惨叫着，那是一种痛苦、苍老的哭声。很快，它被叉死在湖岸上。他们蹲下来，将它切割成块，那些残肢仍在微微跳动。我看得正入神，男孩拍拍我的肩膀说，走啦，收工了。

那是什么？我心里很是惊骇。

大鱼。他说。

鱼也有脚吗？

这个家伙不一样！它是精怪，它吃鱼，吃活物，还吃人，在水里杀不死它。你要经常丢活物给它，引它上岸，才杀得了它。

我还想问一些问题，但他打了个呵欠，径直往回走了。

我躺在床铺上，很难睡着。我不知道发生了什么，我耳边总是有那些黑黢黢的惨叫声。

再次醒来天已经很亮了。

矮汉站在床前说，孩子，要送你回去了。

他带着我去湖边，湖边安安静静的，一点看不出昨夜发生了那种杀戮，一点点痕迹都没有。男孩一直跟在我身后。我上了筏子，他还呆呆地望着我。我说，明天再来找你抓石子儿啊。他突然跑过来，将几颗石子塞在我手心。我看着手心的小石子，有五颗，被他摩挲得几乎没有了棱角，在阳光下亮得像彩色的珠子。

然后，矮汉划着桨送我回对岸。我上了岸，招呼都不等我打，筏子就划走了。

——说重点，说重点！

任三甲是急性子，硬是等不得。

重点就是，我再也没见过他们。这位客人说，我回到家，祖母已经急疯了，头发都竖起了。听说我还差点溺死，抬手就是一耳光。这之后，我被严格限制在她的视线范围内。再几天，村里有人去省城，祖母就托人给父亲单位去了电话，请便车把我送到了火车站。

第二次回老家，是祖母过世，她活了七十三岁。应了那句俗语：七十三,八十四，阎王不叫自己去。当时我还在武警部队服役，驻扎在沙坪坝杨公桥。父亲远在津巴布韦负责一项铁路援建工程。他在电话里指示，让我马上动身奔丧。

我请了丧假，坐火车到湖北省城，表兄大伟——他在汉正街做服装批发生意——在汉口火车站接了我一块回家。

父亲有两个姐姐，大姑和二姑分别有一子一女，已经婚嫁。大伟是大姑家的儿子。两个姑姑都回来了，丧事基本上不用我插手，我也帮不上什么忙。祖母丧事办完，姑姑们还要留下来烧头七，我们小辈的陆陆续续该打返了。

临行前，我站在高坡上俯瞰，视线里全是未完成的建筑，周围搭起了高低不平的栅栏。我问大伟，那里是什么？他说那里在建化工厂。那个幼时觉得像海一样浩渺的大湖，现在丧失了自己的形状，紧贴着那个未来的工厂，萎缩得像是一条虫子。

我提议说，下去走走。

走到湖边，当初的记忆荡然无存。那些野林子还在，虽然被砍伐得只剩小片小片的，仍然有斑鸠的鸣叫声，灌木没以前茂密，偶尔有蛙鸣声从里面传来。站在岸边看，原先的沼泽地开始变硬，湖水很浑，一些弯曲的荷叶垂在水面上，水草是不见了，甚至水藻都没怎么见到。

我们沿着湖边走了半个小时。我凭着记忆指向前方，这里原先是一个渔村，有一排矮房子的。

房子？大伟摇头说，这湖荒了好多年。我打小就没见过这湖边有人住。我小时候——那时还没你呢——跟着我妈回娘家时，村子就从湖边搬到这边的高坡上来了。

我没和表兄争辩。但确实，我眼前也没有一点儿熟悉的痕迹，一点点痕迹都没有。

半年后，母亲所在的计生站组织旅游（也算是她们单位的某种福利吧），其中一站是重庆。在宾馆安顿后她来部队看我。因为时间不多，我们就在歌乐山脚的小餐馆吃了一顿便饭。吃饭时，我提到回老家奔丧的事——顺便我也说起小时候父亲带我回去，明明见过有人在那住着，我见到了一个村的人。但是表哥死活说没这回事。

母亲放下筷子，狐疑地看着我。

怎么了？我问。

你说你父亲带你回老家，是什么时候的事？她问我。

我告诉她，应该就是她离开父亲不久之后那个夏天。

母亲歪着头，似乎在记忆里搜寻。但是很快说：不可能。

什么意思？我说。

那时，你生了一场病，她顿了一下说，出奇得很，我刚离开你不久，你不知怎么病了。你爸爸，心粗得很，根本就没察觉。后来你开始呕吐，打摆子，他才发现不妙，把你送到医院，但是打针吃药没有任何作用。你的情况很糟糕，小医院没法子，就把你送去了省城的铁路总医院，医生安排你在特护病房，一连住了十几天。这期间，你几次昏迷，最危险的一次，医生都说可能要放弃了。

她脸色黯淡下来：这也是后来你父亲在电话里告诉我的。当时我问，什么原因会这么严重？他说问了医生，就是炎症引起的发烧。我说发烧能致命吗？他说你可能是中邪了——甚至医生也这样说。孩子呀，我都不知道你是怎么回阳的。

那么，张尹拍着大腿，按捺不住表达的欲望，你说去老家，其实就是一个梦?!

这时老炼挥了挥手，哎呀，听别人摆嘛。

客人感激地看了老炼一眼，继续说道：

母亲这样一说，我心里隐隐约约记得好像曾经是在医院躺过这么一段时间，但是我又觉得没道理，那份记忆太真切了。

我正要追问，几个战友也进到餐馆吃饭，我就去给他们打招呼去了。等我那边敬完酒，母亲这边时间也不多了，急着要回宾馆跟同事会合，这事儿也就过去了。后来，偶尔我想到了这匪夷所思的事情，也不愿主动打电话问当事人——父亲。平常他是很冷漠的人，话更少。其实我也是。总之，我们之间相处很少。转业到派出所前，我当了近十年兵，探亲也是回母亲那边。与他沟通更少。所以，一直到父亲去世——他是七年前走的，急性胰腺癌——我都不知道，那时我究竟回没回去过。

你父亲究竟是怎么样一个人？

老炼前脚说让别人莫插嘴，自己又来多话。

我父亲？客人摇摇头，老实说，我以为我应该是熟悉他的，但直到他去世后，我才发现，我对他知之甚少。

转业前，我专程去了一次父亲家，和他待了几天。他虽然没特别表现出什么，但还是很高兴的。那时我已经二十七岁了，我很想有机会坐下来，跟他好好聊聊。可我感觉他总是很紧张，老避着我。可能因为都是各自独立生活惯了，住在同一个房子里，彼此都不大适应。他跟我说得最多的话就是：你现在转业，调工作，结婚，都需要钱，我这里给你存起的，你要就跟我说；再就是，地方上跟部队不同，转业后要好好工作，好好表现。诸如此类。虽然吧，他的钱是我需要的，但总归有点失望。我们始终亲近不起来。

我只住了几天就折到郑州去探望母亲——我也是成年后才

理解，她当年遗弃的只是父亲和他构成的环境，而不是我——第一次问到这个事，当时她是因为什么突然离开我们？

母亲说，当年我们居住的大院附近有一个野池塘，有一天她下班回家，正好看见我从池塘边回来。她说一直记得我当时那个样儿，矮矮的一个小人儿，浑身上下就一条裤衩，湿淋淋地在路边走着。她觉得很好笑，晚上吃饭时，一边说，一边笑着给父亲讲看见我一个人去耍水了。哪晓得，父亲勃然大怒，将我吊在床架上，用皮带一顿好抽。也就是那晚上，他们第一次动手厮打了。一个礼拜后，她义无反顾地抛弃了他。

在母亲眼里，父亲是怪物，很冷淡，不懂得关心人，不是一个好丈夫。同时她也承认，父亲对家庭还是负责的，对工作更是如此，她认为他可能有情感缺乏之类的病症，从不愿沟通。

不过——母亲说——有一说一，虽然比不上别的父亲那样，但他对你，心里还是很疼爱的，只是不喜欢表达。

母亲述说时，我蓦然记起离开他去母亲那边生活前的一个场景：黄昏时，他端一个大脚盆，放在大门口，邻居端着碗蹲在门槛上，看着他把我按在脚盆里，拿着一条皱巴巴的毛巾，给我抹澡——那时我已经醒事了，心里充满羞耻。他用毛巾给我搓身子，就像拿砂纸摩擦一样，我只有极力压抑才能不让自己叫出声，不让眼泪流出来。疼痛其实并不是最重要的，赤裸裸地坐在盆子里，被邻居笑嘻嘻地围观，才是我当时最痛苦的事。这一刻，我突然恍悟，那时，父亲已预知到，这是他最后一次给我洗澡了。

母亲继续唠叨道：你的那个爸爸，经常睡着睡着就发噩梦，嘴里说些胡话，听不清楚。醒来时凉席上一大摊汗水。问他梦见什么，他就说回了趟家。我说你这么想家，哪天回去一趟嘛。他就愣在那里，一句话不说。你问他想些什么，他也不说。闷头驴一个。我心想，真是怪胎。

他为什么不回去？我第一次意识到这个事实——我很少听到父亲回老家的消息，似乎在刻意保持跟故乡的疏离。

母亲撇嘴说，鬼晓得！

父亲过世后，我带他的骨灰盒回老家下葬。这是他生前的意愿。

还是大伟去接的我。路上他说，他也好多年没回了。大姑去世后，二姑做了脊椎手术，下地都难，也没人去给祖母扫墓了。村子基本上荒了，人都搬到县城了，回去也没意思。

尔后他又埋怨我这么多年也不回来。我说忙，他白了我一眼，学着用重庆话说，哪个龟儿不忙嘛，都忙，你是忙着活，我们忙着死。

我没跟他争执，知道他心情不好。他苦心经营了十几年的服装批发店遭遇了断崖式的垮坡，一路诉苦说现在的生意怎么怎么不好做，汉正街的小老板又如何跑了一大半。

开车一个半小时就到了老家，他绕过村子，径直开到湖边，墓碑提前就请石匠刻好了，墓地在一处高高的山坡上，背靠崖壁，坐望湖面——这也是父亲的遗愿之一。我在墓前放了一挂五百响的鞭炮，在喧闹中把墓门打开，将骨灰盒放进去，合上。插上三炷香，摆放准备好的瓜果、酒水，因为这个季节没有白菊花，路过市镇时我在花店选了两捧百合。将父亲入土后，我跪下来，拜了三拜。大伟也跪下来拜了三拜。

敬了香，烧完纸钱，往回走时大伟问我要不要去村子里看一眼。我说既然回来了，还是去看一眼吧。

大伟载我走小路进去。

实话讲，我一点儿印象都没了。上次我来过的那个村子似乎被埋了起来，取而代之的是一个崭新的地方。大伟介绍说，你们长期不回来，不知道农村已经比城市更管钱了。他指着一些新修的度假小楼说，这儿在发展乡村旅游，原来的农房大多推平了，像这样的农家乐，村里有十几家了，湖边更多。

我喃喃说，现在都看不见大湖了。

大湖？他侧身瞟了我一眼，把方向盘扭了一下，说，我们干脆就去那儿吃个午饭。

不一会儿他开进一家名为“大湖野鱼庄”的农家乐，规模挺大，进到寨子形式的院门后，还要继续沿着坡道开好几分钟，两旁是果树，果林里有各种休闲设备，石桌石凳，长廊，一些游客模样的人，显然刚刚吃过饭了，三三两两地聚在林子里打牌，还有些孩童在荡秋千。

我们坐下后，大伟指着菜单，问服务员：大湖野鱼？你们从哪儿贩来的？

服务员赌咒发誓，说他们家的鱼都是下面大湖里的野生鱼。大伟笑笑：这种鬼话，你骗骗别人是可以的。我就这村里的人，还不知道大湖早就没鱼了吗？

表哥要了三斤黄骨鱼，煮一锅清汤，又点了几道小菜。服务员走后，他说，杀鱼熬汤还有一阵，咱们去逛逛。

他带着我走向湖边，印象里的大湖，除了灌木、树林，几乎是荒凉的，一眼能见到头，但现在，我的视野被遮蔽了，眼前是密不透风的树林，偶尔能瞥见林中隐没的小楼——大概是别墅，或另外的一些农家乐。

我问他，记得上回来你说在建厂，那个化工厂呢？

他说，已经搬了。

难怪，我说，不然哪有这么好的生态。

他笑了：化工厂为什么搬走？因为大湖被挖断了源头。山那边——他指着一侧方向——都刨秃了。化工厂是沿着湖边建的，一个好生生的湖，整个成了一个垃圾坑，不光是渔薪，邻近的好几个村都是臭烘烘的。村民就开始上访嘛，有些极端的村民还在湖边埋雷管，幸好没炸死人。总之是闹了不少风波，这样闹了几年还是不顶用。

那怎么还是搬走了呢？

嗐！县城不是要打造国家级园林生态城市吗，县领导出面都说不动，又请了省里的领导，经过层层沟通，化工厂才同意搬走了。你现在看到的湖——他接着说——其实不是原先那个湖了。

湖呢？

那个湖早就干涸啦，后来没有办法，花了好几百万，把大湖清淤后，重新灌了新水。为了把水养活，湖边又开始栽果树，看起来这些果子是好看，但哪个敢吃嘛？都是些毒果子，有些果实打开看，芯是黑的，把果农害惨了。后来为了排毒，开始种一些蜈蚣草、竹柳。现在你看起来环境还是不错，妈的，就像是装饰。养个眼，骗骗城里人是可以的。

原来如此。

我蓦然想起，路边的果树上，果实沉甸甸的，难怪无人采摘。在湖边站了一会儿，记忆中的轮廓，模样，完全画不上等号。它的野性已经被驯服了，整体被沿圈的石廊包裹起来，又被石桥穿插成一小块一小块，仿佛某种模型。不过那些荷叶仍然鲜艳。蓦然间，一件极重要但总被我忽略的事从脑子里蹿出来：

哥，我爸是不是很少回来？

他呀！从不回来。

为什么啊？

这个，这个，我说的也不一定准确啊……表兄突然开始字斟句酌起来，我也是听别人这样说，你就当个传闻听。农村嘛，就喜欢嚼舌头。

你说嘛！我给表兄递了一支烟。

是这样的。他点上烟，表情严肃起来——村里有一种传言，说是你爸害死了自己老子。

有这事？我惊愕起来。

我也不确切究竟是多久的事，反正大概十二三岁吧，你爸特别喜欢下水。渔薪嘛，听名字就晓得，原来是打鱼人家的村落，哦对了，原先这大湖是连着汉江的。那年代嘛，没人管娃儿，他成天泡在湖里。半夜三更的，你爷爷喝完一瓶酒，回房睡觉，发现你爸不在床上，就找出去。走到湖边，一直喊，没人应，可能觉得你爸是溺水了，就下水去找。他也是命不好，那晚突然发洪水，汉江的水倒灌过来，把整个湖坡都淹了。你爷爷没摸到人，反而把自己沉了。还有一种说法，说是那晚上打雷扯闪的，肯定是被雷打到了。反正第二天清早，村里人划着船在湖垭口发现你爷爷的浮尸……几个叔伯捞尸回来，看见你爸居然窝在被窝里，提起来就是一顿暴揍。说不是为找他，人也不得亡。后来，村里背地里各种说法都有，但是，归根结底就是说受你爸爸的害。一年还是两年后，你爸考上中专，后来又自考上了大学……表兄一声长叹，反正，离开老家后他就再没回来过。

原来是这样。

我狠狠吸了几口烟，但有些事情仍不大能理解：

那我爸呢，那晚上他在哪儿?

哪个晓得?！打死他都不说。表兄又说，还有一种说法，说你爷爷喝醉酒，被湖怪拉下了水，要不，以他的水性，怎么淹得死呢?

湖怪？我问。

哎呀，都是老人们的鬼话哩！我小时听妈说，原来这湖里是有湖怪的，能上岸。祖上为了占据这块湖，扎篱笆，设卡子，布置了很多陷阱，把那些上岸的湖怪全部消灭了。当然喽，现在晓得了，那都是些哄娃儿的鬼话。

你刚刚说湖怪？任三甲忍不住问道，是不是你之前梦里见到的大鱼?

我可没说那是一个梦呵！客人说。

但你母亲也说了，你生病那时节根本就没回过老家嘛!

正是！客人表情迷惘起来，这就是我一直想不通的一件事。父亲去世后，我把他在许昌的寓所信息交给中介（与母亲离婚后他没再娶），大概挂了七八个月吧，中介说有人看中了那间房，喊我去一趟，要付定金，签协议。于是我最后一次去了父亲那个家，准备将他留下的遗物清理了。在一个木匣子里，我发现保存了自他工作以来的全部汇款及邮寄包裹的存根，好些票据都发黄了。我捡开看，那些钱汇集起来也不少了，其中大多是寄给我两个姑妈的。存根上还记录着明确用途，如“此款用于翻修老屋屋顶”“请于春节前购黑白电视机一台”“添置新衣、新棉被”“装载电话机一部”，等等。这时我才发现，虽然他从不回家，可实际上无时不在挂念那个地方。

在整理杂物间时，我意外地发现了一些属于我的东西，很整齐地放在杂物架的上方，整整两个大纸箱，里面全是我的轨迹：奖状、玩具、作业本，甚至还有书包。在一个已经发黑的帆布包里，我震惊地看到了一样东西——几颗黑黢黢的小石子儿。

我好奇地将它们取出来，总共有五颗。我用布片揉搓一番，它们就恢复了原有的亮色。蓦然间，那段被母亲称为“莫须有”的经历潮水一样回到我的脑子里。

石子儿？

作为听众的我们都被惊到了。

是啊，那就是我第一次到——可是母亲说我根本没有回去过的——老家时，那个男孩给我的那五颗石子儿。

老炼迷惑地问：但是，你也不能肯定，那几颗石子儿究竟是你父亲的，还是你自己的吧？

是，有这可能。但是，也不能排除我真的去过。如果说我没去过，可我对那儿的印象完全符合实况，包括屋子的形状、村子、大湖，还有我祖母。

确实很神奇，我自言自语。

我这个故事——这位客人突然望着我——宋老师，我经常读您在报上的稿子，您是记者，又是诗人，觉得有点意义不?

有点神奇，我说，一种奇特的误差。

误差?客人不解地看着我。

就像零配件加工一样，同样的模具，同样的工序，但一万个螺丝当中，总会有那么一两个，表面上看起来完全一致，但就是不合用。人有时也这样，会发生一些细小的误差。

您再具体解释解释?客人说。

我苦笑：我也就这么一说，大概就是一种命运感吧。

客人沉思着。

我告诉他，前几天我两岁的女儿闹肺热咳嗽，咳着咳着，她突然歪着头，怔怔地盯着我。那种眼神，很奇特，让我突然想起她出生时被护士抱出来盯着我的样儿：瞳孔漆黑，笔直，一点点曲折都没有。当晚我写了首诗，前面记不住了。最后几句是——

> 就如凡不可捉摸的，被我们称为命运；
> 无法解释的，被我们称之为神秘；
> 此刻那神秘的命运对着我，又无视我。

客人喃喃地重复了一遍，好像要把它们记在心里的什么地方。随后绽开脸笑道，故事还没讲完呢！

去年冬天，我到珠海出差，去了表姐家作客。她是二姑家的女儿，一个妇产科医生。我们以前几乎没怎么打过交道。不过她性格很好，开朗，热情，所以我们相见还是很愉快。

她弄了一大桌菜，怕我拘谨，倒杯红酒，陪着我喝。因为喝了点酒嘛，渐渐就放开了，我也说到那个似梦非梦的经历。原以为她作为医生，会很严谨，死板，甚至像其他人那样笑话我。哪知道，恰恰她能理解。她甚至说，梦也有遗传性。

我吓了一跳，梦怎么遗传？

她反问道，那你觉得基因是怎么回事？那些与父辈相似的性格、行为，从何而来？基因就是信息储存，你的生老病死都跟它有关。只不过，只有少数重要的信息碎片能够留得下来，当然，也只有极少数人能够得到这种信息。

这个说法让我突然有些振奋。

哎，还是告诉你吧！表姐饮下一口酒，叹了口气，你爷爷是死在奶奶手上的。

这个说法让我毛骨悚然。

据表姐讲，祖父是上门女婿，打鱼好手，但心眼小，更是远近闻名的酒鬼。家里三个孩子，该有多少琐事？可是他浑然不管，只有酒罐这一个亲人。在任何家庭，如果有这样一个酒鬼都是一场悲剧。清醒时还好，喝醉了，他什么话都说得出来，极为难听。尤其是祖母，如果被他瞧见跟哪个男汉走得近一些，说什么笑话儿，晚上就要遭殃。出事那晚也是，孩子们都睡觉了，他喝完一瓶勾兑高粱酒，又开始发浑，又哭又闹，鼻涕眼泪的，不知道发什么癔症了。祖母没办法，拿着裁刀把他吆出去，两人在湖边继续吵，他又发浑说自己婆娘跟哪个男的怎么怎么地了。祖母又羞又怒，也兴许是积压的情绪被燃爆了，手里的裁刀就捅了过去。他倒下来半天不说话，她摸了摸，像是捅死了！半夜她跑到族长，也就是村长那里，两人商量一会儿，回来换了衣服，把他沉到湖里伪装成溺死——刚好，那晚上发大洪水，打雷闪电，十分骇人，家家早都关门闭户，也方便他们行动。翌日清早，村长喊人到湖里寻，把尸体捞上来。去捞人前，恰好有叔伯看见这家的幺儿从湖边回来。于是，就有了后面的那些传言。

你是怎么知道的？我特别震惊，而这个说法让我不禁战栗起来。

实话说，没人知道。甚至连我妈——都不知道这事。表姐说，我怎么晓得的？村长的孙女，她也在珠海，我们是前些年在老乡会上碰到，后来成为朋友后她告诉我的。她说，最开始，她爷爷跟你奶商量的是，你爷爷是喝多了溺水而死的。后来觉得不牢靠，毕竟这么大事，要偿命的嘛。就改口说是被雷打死的。哪晓得你爸爸那晚不在家，又被人看见从外面回来。不知怎么就被扯上了关系。

这样说的话，这一切不关我爸的事呀！我很迷惑。

所以说，其实你爸是背了一个锅，但是又不能不背。表姐说，当然，只是我个人的分析呀！那晚，你爸爸正好在湖边耍水，他肯定是看到了什么情况。你想想，第二天他什么都不说的嘛，后来也从不回家——这说明什么？另一个，我想啊，这事，你爸爸不可能跟别人说，也不能跟自己妈妈说；至于你奶奶，当然也不能说。这事吧，就是搅棉花糖，局中人一句话不说，就像那根竹签；外面的人就是糖，搅着搅着就膨胀了，变形了，然后就定型了。总之，你爸是知道什么的。这个秘密，他和你奶奶，背负了一辈子。

这时，作为听众的我们也长吁了一口气。

任三甲有点茫然，这就是真相吗？

哎！老实说——客人叹息道——每个所谓知情人都有一个答案，但真正有发言权的亲历者一言不发。当然，他们也没有机会发言。这让我觉得，其实没有人确切地抵达过真实。

张尹冒出一句：我更关心的是，小时你到底去还是没去过那个村子？

这就是我要说的。听说人的大脑只被开发利用了10%，我想，时间、故事、人，都是这样。被我们所了解的只是很少的一部分。说不清了。说着他突然笑了，宋老师刚刚说到“人的误差”，我觉得有道理。

其实，我插话说，是梦，是真的记忆，还是时空穿越？不必计较了，它的暗示得到了回应。这个才是最重要的。

哦？他的瞳孔收缩了一下，透出某种亮光。

人总要相信点什么，才能得救——我顿了一下，试图解释得清晰一些——听你讲这个故事时，我觉得就像一个人趴着一条绳索，上边看不见来路，下面看不到尾端，你唯一的线索就是它，你要牢牢抓住它才行啊。

实际上，这是很久之前的一次聚会了。

老炼严格遵循《园治》指导规建的那所“滴水园”，只存活了两年。那时间，北京出了个“最牛屋顶花园”的新闻，随后，它的影响慢慢波及重庆，然后又波及渝北区——因为是在裙楼上违章搭建的，这所耗费他心血所建的空中园林被强制拆除。唯一让老炼有所安慰的，是拆除期间那些工人的感慨，“您这绝对算是重庆最美的违建了”。

两年多过去了，我一直记得这个故事。

偶尔它从记忆里跳出来，不可思议的是，我发现这近乎一个故事的魔方，你可以随意从哪个角度进入，然后会发现一个新的拼接方式。当然，无论怎么拼接，总归是一个残缺的轮廓。

一周前，我带着几个同事去渝东南采访，当地媒体朋友执意要接待接待，盛情难却。席上，来了一位公安局分管刑侦的副局长。我向他打听那个讲故事的人，依稀记得他姓刘，老炼和三甲叫他刘老师。我还记得他曾介绍自己是公安局的办公室主任。副局长诧异地说，咱们没这个人呀！从头到尾都没一个姓刘的。我有点诧异，说不可能呀。他笑说，我在这里待了十几年，如果真有这么个人难道我会不知道吗？

晚上，回到酒店后我给任三甲打电话，用了好长时间他终于记起来那次聚会，他赌咒发誓说根本不认识一个渝东南姓刘的警察，即使认识，也不可能带人参加我们这种私人聚会。末了，他还埋怨我说，你那天完全喝麻了，不晓得什么时候偷偷跑了，也不晓得跑去找哪个婆娘鬼混，害得老子跟着遭罪——半夜三更的，你老婆一直打电话，非逼着向我要人！嘿！你龟儿的喝麻了，她找我，上哪儿说理去？

对了——他突然想到什么似的——你那晚还清醒的时候讲了个怪兮兮的事。你说你的一个朋友来家里作客。开席前，朋友坐的一把餐椅突然就塌了，整个人都摔了下去。无缘无故地，裂处是全新的，就这么莫名其妙。第二天一早，你接到电话，说你父亲走了。我当时还说那条腿就是来给你报信的！狗日的你未必真是失忆了，一点都不记得吗？

我怔怔地握着电话。

挂线后，我到浴室洗漱。突然，我看见镜子里——父亲沉默地匍匐在我的脸上。是真的，死去两年多的父亲，不知何时把他某种习惯的姿态、某种独有的神情，以及他的那种清晰的犹疑，不知不觉地转移到了我的脸上。那一刻，我几乎是惶然地逃开镜子——可是，我迈腿时，发现他又存在于我的步姿里了。

你看，我们活着，往往就为这种根本不知其所来也不知何所去的屈辱。

礼拜一闭馆时刻

那时他还非常年轻，租住在上清寺附近一个叫作枣子岚垭的地方——从武警消防中队一侧的巷口拐入，顺着蜿蜒狭窄的老街一直下行，穿过丁字路口人声鼎沸的菜市场，在道路尽头，著名的人民大礼堂与斜坡的接壤处——有一栋陈旧的赭色单体楼。他住在第七层：约四十平的居室，除了一张床、一张工作台（在房东遗留的办公桌上搭一张三合板，覆了一层灰绒布）、一具 25 吋的彩色电视机和一把老藤椅，可说什么家当都没有。如果窗子敞开，味道倒是很丰富：下面二楼是菜市场，底楼是牲畜市集——鸡鸭被囚在铁丝笼里，发出呜呜的沉闷的噪声。他的卧室正对着下面餐饮一条街，呛人的油烟总是趁机飘入房内。所以窗子基本上都关着——他抽烟时，会将厨房和卫生间的排气扇打开。

每周三——下午一点钟左右——她会过来，在门上轻轻敲击三下。

他还记得女人每次进屋的神态：一个闪身，径直钻进卧室，搂起裙摆坐在床上（除了藤椅也没其他可坐的地方），将脸庞迎着桌上旋转的风扇，然后接过毛巾，认真地从脸部一直擦拭到脖颈、接着是腋窝。需要说明的是，这是二〇〇一年，这座山城的夏天无需解释。他将毛巾拿进卫生间时，卧室传来一些突兀而嘈杂的声响。这是她的另一个习惯——进屋之后就将那台电视机打开，盯着屏幕——就像那里即将播放一些什么跟她相关的重要的消息。但这不可能。而且他发觉她并不在乎电视里播放什么。有一次，电视上在播放自行车环道赛，她竟然也瞪着它。好像真的很感兴趣一样。并不是。她只是需要那样一种“道具”——或者说一种过场，就像戏剧上演时，一幕结束后，在下一幕开启前，需要有那样一种程序；又或者只是需要一些声响，除他们两人之外的一些声音——这多少会让人自然一些，就好像他们其实并不是偷偷地幽居在此，而是置身于一大群陌生人当中。就时间而言，也比较充裕，她会在这个房间逗留到四点一刻——那时，不管她正在做什么，都会腾地起身，拎上自己的包，将脚放进凉鞋里，经过卫生间时，在镜子里慌慌张张地端详一眼，随后急匆匆离开，像是安了一个发条一样。

在此之前，他们有大概两小时在床上，或更准确地说，躺在那张几乎每次都会濡湿的褐色竹编凉席上面。

这事儿发生在他从四川美院毕业——加上在黄桷坪驻留的一年——之后，当时，基本上他很确定的一点是：艺术家这条路不大像是自己能走的了。他在黄桷坪那个租屋里创作的一堆习作，既不能被推荐到各种展会，也毫无画商来问津。他试着去广告公司和报刊社应聘设计，但都以“没有相关工作背景”被婉拒。后来，他受邀在一间工作室画了半年菜画——应该说，半年来只画了一幅画，和另一个同伴每天不停复制一张《丛林斑马》。余下的四位同事，则重复画一张《粉红火烈鸟》。据说，总部在深圳的那间公司就数这两张装饰画销售得最好。

这位同伴比他低一级，性格很开朗，一个精干伶俐的女孩。他们相处很好。怎么说呢，一度他以为两人之间会发生一些什么。回头来看，那只是他自己的感觉。那时他对任何潜在的欲望都充满了填充的兴趣。

如此半年后，她说想自己组建一个工作室——离开这份枯燥的工作——专门承接一些上门手绘的业务。就单价而言，这种手绘的薪资要更高；当然重要的是，“至少，你可以不用每天都画同一种”。她问：“你觉得怎样，有没有兴趣？”他倒谈不上什么兴趣，但乐意加入，至少可以跟她继续待在一块儿。

新的工作室在上清寺，于是他在附近租了房子——租金倒是不高，原因在于环境和楼层，没有电梯。等到进入工作状态之后，他才发现在自己和她之间又多出一个不该有的人来。那是她的男友，可她此前绝口不提。可以想象，他多少有些难以言喻的沮丧。不用说，这种情绪恐怕也被伙伴瞧出来了，尽量给他外派业务。总之，他承接的最后一件作品，是在临江门，离上清寺并不太远，大概四五站路，在公交站下车后，步行约八九分钟。

那时他对“房子”这种东西缺乏应有的认知。在他看来，那就是一个普普通通的房子，对当时的他而言似乎过于宽阔了些，约一百四十平方米左右，新装修不久——看卫生间和厨房，就知道户主尚未入住。许多年以后——譬如此刻回想起来——他才意识到它的价值不在房子的内容，而在于由此延伸的那些，也是当时唯一能吸引他的——那所房子是没有阳台的，客厅的一整面都凿空了，改为落地透明窗。站在窗前，下面的嘉陵江和滨江路一览无余。他在这个空荡荡的房子里独自工作——拿着一柄装修钥匙，依据同时交付给他的一张老照片，在客厅的空白墙壁上手绘了一幅水墨——已经被拆除的临江门绝壁上的吊脚楼。画面看起来有点复杂，但并不难。描摹不是什么难事，难的是要凭空创造一样东西。

虽然房间没人，但他知道户主经常回来。每天上午十点到达后，有时他会察觉房间里多出一些内容，比如挂饰、灯具或相框之类的小物件。这说明，那些未完成的手绘也曾被户主细细地检视。

这份手绘作品完结后不久——也就是初夏时——工作室在第四个月就因无力支撑而解散了。两位老板去了深圳大芬村继续创业，他留了下来，在文化宫的培训机构应聘作了兼职少儿美术教师。这份工作很机械——话说回来，艺术这种东西没有不机械的——就像几把并排的梯子，课时、课程和教学内容都是固定的。那期间，仿佛是一种惯性，虽然那份活计结束了，但他仍习惯步行到临江门方向，从巷子一直穿到江边。基本上每天都是如此，带着一部傻瓜相机，遇见觉得不错的场景就拍下来。偶尔，他也会随机地偷拍一些女人，主要是背影。不知道为什么，他对女性背面的好奇与热衷远多于正面。

一个黄昏，他在去往临江门的背街上拍过一个女人。从背后看，她的腰肢和臀部之间有一种奇特的张力和平衡性。一种恰到好处的饱满深深地吸引着他。有那么一瞬，他有一种强烈的冲动——轻轻拍一下她的臀部转身就跑。当然，想象之所以美妙在于那只是一种想象而已。他尾随了十分钟左右，眼看天就黑了，她的身影拐入某条巷子。在准备折返离开时，他听到前面传来女人的呼声。他循声跑过去，那个女人半蹲在地上，抱着自己的手腕，一个黑色的挎包夹在膝盖之间——他张望了一眼，前面是漆黑的巷口，袭击者应该是向那里逃了。他起身要追赶，但被她拽住了，“别追，小偷手上有刀。”他顿了顿，抓住她的手，她颤抖了一下。“割伤了吗？”她摇摇头，站起来，比他甚至略微高出二三厘米。“没事儿，我没事，什么也没丢，只是被吓到了，”她说，“谢谢你啊。”他甚至不大敢正面对视她，“哦”了一声便匆匆离开——仓皇得就像自己是那个小偷一样。这种仓皇里也有一丝失望，在幽暗中他觑了一眼，她的容貌与她美妙的背影不甚相配，一张毫无特点的脸庞。

几天后，课间他跑到培训教室外面吸烟，看到前台那里，有个女士在咨询着什么，这样的家长每天都有。当吸烟回来，路过前台时她突然从背后轻拍了他一下："咿，是你呀！你在这里上班？"

他愕然地转身。

"临江门，晚上，小偷……"她说，"记不起来啦？"

他随即反应过来，但很难把她跟自己跟踪的那个女人联系起来——她没想象中的那么年轻，成熟而扁平，这指的是她的脸颊，缺少那种女性的柔和。可她的背影却是妖娆而紧致的。他握住她伸出的手，她的脸忽然涨红起来。两人简单聊了两句，上课时间到了，他进了教室。中途，他出来抽烟发现她还在外面。

"怎么，"他问道，"等谁吗？"

礼拜三，她如约来到枣子岚垭他的房间。

事情是这样的：那天在文化宫重逢后，她忽然萌生了一个愿望——想请他给自己画幅肖像，而她会付给他一份酬金。

他很好奇："为什么请我来画？"

"你不是美术老师吗？"

"美术老师多了，"他又问，"怎么就单单选了我，又怎么知道我能画得好？"

"这是秘密。"

继而她笑着解释："你就当是女人的直觉吧。"

不管是作为某种形式的酬谢也好，还是如她所说真的需要这样一幅肖像画也好，总之他最终还是应承了。随后，她又提到，希望去一个比较私密的环境。这也很容易理解，唯一的问题是她希望他能提供这个适宜的场地——于是，就只有自己的住处了。

在她到来前的整个上午，他一直都在收拾屋子，把无用的那些赘物——比如歪歪扭扭的啤酒瓶和发黑的垃圾清理出去。他第一次认真地叠了被子，甚至将卫生间和厨房都擦拭了一遍，然后再把乱七八糟的颜料码好，将画架搁在窗前，烧好开水，泡一壶花茶，再把窗帘拉开，房间顿时明亮许多，就像突然换了一个跟自己无关的房间。

第一天的写生作业并不顺利。电视开着，她安静地保持坐姿，靠在窗前的藤椅上，侧对着他。他始终无法找到那种感觉，一切似乎只是他的问题，因为你不能责怪你顾客的脸颊为什么不能像她的身材那样饱满。总之，他每次描出的轮廓总是让自己不甚满意。两个小时后，他放弃了，将画纸扯成碎片。"我画不出来，"承认这件事很让人羞耻，他坦白道，"我心神不宁。""都是这样的。很多事情都是这样，不可能一次到位，"她安慰，"慢慢来，下次就好了。"随后她从椅子上站起来，轻轻拉住他的手。然后他知道接下来自己要做的是什么，正如他前晚猜想的那样，肖像画应该只是一种暗示。

下一个礼拜，她又来了。

这次他全然忘记了还有绘画这回事。他仍然不知道她的名姓。这并不影响什么。她不提，他也没问。他们通过身体互相熟悉。某种意义上，很多时候话语远比人的肢体沉闷得多。

再说，从她那里自然呈现的信息已经够了。她应该比他年长十岁左右，他私下猜测。一方面，她给他的印象就是如此；另一方面，女性在步入中年时，表情里总藏有一些悲哀的成分，尤其是面容，很容易渐渐形成一种男性的轮廓——此一点并非来自美院老师的传授，而是他自己的观察所得。他没问过她的年龄，他知道这不是一个好问题；也没问她其他的什么，但她小腹的妊娠纹和褪色的刀口透露了时间与人物的存在关系。

反过来，对她来说，他不难辨认，不长的可怜的履历，一两段并不成功的恋情，看不到任何前途的此际。他是如此清澈可见，俯身看去，溪水里毫无内容；但她显然要丰富和复杂得多，所以她掌控一切。就他们的性爱而言，是这样。

起初，有一件事大概值得一提——尤其令他印象深刻的一点是——在得到欢愉的同时他的挫败感也多。做爱时他清晰地感受到她并不热烈，亦没有充分的身体反应。如果可以用一个词，兴许“承受”更为吻合。

他有点沮丧。

“不，不是因为你不够好。”

她笑起来。“是我的问题，我一直都是这样。”

“先别急着进去，你可以先摸一摸我，”随后她开始指导，示意他从小腿肚那儿开始，“轻柔一些。”

当他的手掌向上边慢慢移动时，她会紧闭眼睛，脸上闪烁着一丝愉悦。

她的引导是有效的——诚实地说，这个富于耐心的细节甚至贯穿于他的经验之中，成为一种取悦各种女人的优良习惯——对他的自信，对她的情绪的改善，效果是如此明显。反之，没有这个过程是全然不同的，似乎这个步骤是必不可缺的。的确如此，她是如此渴望他的爱抚，似乎她所享受的并非性交，而仅仅只是抚摸本身。沉醉时她会情不自禁地将头埋在枕头上，将背部暴露出来，然后他轻抚她的背脊。她会因为抚摸而轻轻颤栗：“啊，舒服，我就喜欢你这样，我喜欢这样，摸我。”

有一次他突然发现，她平庸的面颊在接受爱抚时发生了一些奇妙的变化——就像化学实验所产生的不可思议的结果——从而具有了某种生动的轮廓。他激动地跳下床，抓起画笔描摹起来。出乎意料的顺利，这次他仅用一个小时完成了素描底稿，有如神助。第二天，他在一种亢奋中完成了整幅画作，一个既属于她本人也属于创作者自身的那件作品——女人半明半昧侧卧于竹席上，发梢流泻，期待着什么，又似乎泄漏着什么，显现出一种混合着虚空的满足感。老实说，那是他最好的一件画作，也是他唯一能称为作品的画作。但在装框之后，他却犹豫是否真的要将它给她。那时他已预感到，这样的杰作将不会再从自己的手上诞生了。

有时，往往是那些隐秘又矛盾的念头让你发现——有些事情，大概非如此不可。而且，后来他也知道了，一个人的所谓“成熟”往往不是缓慢而至，而是瞬间定格的——就像那幅画，不管从哪个方面来说，理应是属于她的，但他想的是该怎么才能将它合理地占有起来。某种意义上，那幅偶然发生的肖像作品让他变成了现在的这个人。以至于因为这一点，他会觉得她的到来变成了一种苦差而非欢愉。他觉得在受煎熬，虽然并不完全清楚那折磨他的到底是什么。

总之，这也开始令他重新审视起之前不曾想到的一些问题——她是谁？她为什么要请我为她画像？凭什么她会觉得我有那个能力？

但打探是困难的。不管是家庭还是住址，凡是牵涉到关键信息的时候，她都很机警，三缄其口。对她来说，当时的他还是过于年轻和直白了些。

他选择了一种迂回的方式，问了一个自己比较好奇的问题：

“为什么每次你来的时候都是周三？”

“因为就是周三呀。”她说。

“没道理嘛!”他对她的遮遮掩掩有点不满。

“博物馆每周一闭馆——这个你应该知道吧?”

“知道,”他当然了解,这是世界范围内艺术展馆的通行惯例,“可是闭馆并不意味着不工作啊。”

“不一样,那种工作是内部的。”

他提醒道:“这跟你有什么关系吗?再说你每次来是周三。”

“只是一个比喻,可能,”她换了一种说法,“周三是我感觉最空的时候。”

“空?”

“就像冰箱,”她尝试着解释,“你从外面看它是饱和的,但如果你把冰箱门拉开——”

他竭力想象那个场景:“冰箱是空的?”

她笑了:“也并不是那样。”

他确实不能理解,隐隐也有些失落。他以为“周三”必然是一个有着什么丰富内容的隐秘线索,但答案如此简单,后来她还是告诉他了——这天,她不用去单位坐班。

从两年前开始,她们单位承接了一项任务——其主要具体工作落到了她的头上——寻访和调研渝中区的一些富有地域文化历史的城市遗迹,以及一些散于街巷的建筑遗存,尽可能地从影像和资料上进行收集和整理。比如上清寺的嘉西村、枣子岚垭的沈钧儒旧居、洪崖洞已经被拆的吊脚楼。后来领导觉得她在外时间太多了，所以只允许每周她有一天外出活动。不过她从没提到自己具体在何单位。此前倒是隐约说到过，她的工作“清闲”而“死板”，经常跟旧物件打交道，在“一个苏式老楼”里“关了八年”，将这些信息拼凑起来，似乎是街道办文员，或是文管所馆员之类。

“有收获吗？”他问道。

“有呀，”每次谈到自己的工作她的兴致要热切一些，“最近一段我的工作主要是收集老照片。渝中区的传统民居建筑消失得太快了，比如吊脚楼。我唯一能做的，就是尽量收集故事和影像资料。那天——你跟着我那次，我刚刚去一号桥拜访了一位老太太，她提供了一部上世纪五六十年代的相册，是很珍贵的一手资料……”

“你——怎么知道我跟着你？”

他怔了一秒。

“我说岔了，”她说，“我的意思是，我们撞见的那回——我只想表达这点。”

“但是，”他想了想，“你刚说的是，我跟着你？”

“我说了，我表达有误。”这样的冷冽于她可不多见，“你到底想说什么？”

“就是随便问问。”

可他不像是随便问问的样子。

她沉默了。随后，她从床上起身，套上衣服，将脚伸入凉鞋里，完成这一系列动作直至离开房间，她一言不发。

下一个周三，他将房门虚掩着，可他没等到她；接下来一周，他回了一趟县城老家，他祖父去世。所以，当他回到重庆后，并不清楚她是否又来过。他还记得，那段时间气温陡降，山城一夜入秋。他蜷在被窝里，无比确信：她不会再来了。总之，没有留下一张纸条什么的，她就这样消失在他的生活里了。就像一个疑问遁逃于另一个更大的疑问，一缕烟消散于天空。

可是，疑问不会消失，正如烟也不会——仅仅只是你看不到它们，而非它们就此不存在了。“时间”也是，它带不走任何事物。有些东西——譬如记忆，被“时间”重重裹围起来，一层层，一点点，它们就躲在那些褶皱的角落，但这不能说它们消失了，你找不到并不意味它们并不存在。

这么说吧，十六年后，就在他已经彻底忘掉这个女人的时候竟意外地与“她”相逢了。换句话说，他不经意地与二十五岁的自己相逢了。当然，包括那段隐秘的记忆，就像与另一个自己在同一条河流里相遇。要不怎么说，时间是神秘的呢？

原本这只是平淡的一天。周五，下午三点左右他在公司接到妻子来电，让他速到解放碑来。到底什么事她怎么也不说，只说你必须来。没办法，他只好驱车从渝北过江，在临江门车库停好车，出电梯后，她已经在那等着了，说要带他去看样东西。

“什么东西？”

她仍然不说，故作神秘。其实他早猜到了，房子。

妻子自从离职做了家庭主妇后，除了照顾孩子，无事可干。他一度鼓励她找点消遣。可是她没什么爱好，开始跟着朋友炒股。可想而知，这个消遣的代价远超预期。虽然他从未过问，但想必她亏了不少。不知是不是这溃败的结果反而激发了她。她将目光投向了不动产投资，这次对了。至少这几年来，相较于他而言，她的成果是非常显著的。他那间还算知名的艺术礼品设计公司，上上下下三十多号人，看起来浩浩荡荡，其实扣除成本，七七八八，算下来，一年纯利润还不如她一个人创造得多。这么说吧，她一年就能挣上两套房子。她的工作就是不停地看房子，囤积房子，到手倒卖。你说这是她的天分吗？倒也不是，靠的是趋势；但你要说她完全是靠趋势？也不是。她还是有她的眼光和敏感度。刚开始，他还要给她作个顾问什么的，可实际上，他根本没有妻子的预见性，事实证明，每次他用理性和经验作出的判断最终都与市场背道而驰。所以后来她也不特意叫丈夫一同看房了。她的朋友越来越多，生活越来越丰富。对忙于事业（包括各种应酬）的他——或者说对这个家庭——来说，不是坏事。经济的丰腴让人充实。

她领着丈夫从路边进入一栋高楼。

跟着妻子穿行于楼道时，他赫然发现，从这栋楼穿越之后，就可抵达另一栋高楼——一道高高的天桥将两者连接起来。这很奇幻。接着他们乘坐电梯到底楼，竟然就是嘉陵江边了。这又是一个意外。

这时，某种东西突然鱼贯回到他的记忆里——如此清晰，就像看着一个过去的自己在眼前走过，但被一层无形的薄膜所隔离了。他蓦然觉得，时间是神奇的。某种意义上，人生的本质就是如此了，不，不是什么悲惨的东西，更多是一种荒谬感。

十六年前，那时他还十分年轻，每个礼拜三，和一个比自己大十多岁的女人在枣子岚垭的租屋里度过一个欢愉的下午，整整一个夏天。他不知道她的名字，也不在乎知道更多——至少，开始是这样的。可是后来，慢慢地，他有了一些探求的欲望。

有一次，那个下午格外美好，怎么说呢，她表现得比平时更为恣肆，她说她很满足——再也没有比这更满足的时刻了。她的脸上带着奇异的色彩。就是这一次，他禁不住内心涌动的好奇，在她离开后，尝试跟踪她。他试图得到一点什么东西。

她像往常一样下楼，离开枣子岚垭，左拐，从巷子穿到上清寺，过天桥，坐上一辆405线公交车。她并不清楚，他就在后面那辆公交车上，同一条线。某一个时刻，两辆公交车在公路上并行了，交汇那一刻，他目睹了极为难忘的一幕：她无力地倚靠在车窗上，肩膀微微抖动——随后他发现，不是车在抖动，而是她在哭泣。他看到泪从她的眼里流落。

他骇然了，甚至忘记需要适时隐藏，心中装满了惊愕。

为什么？她在哭什么？就在刚刚，在他的怀抱里，她还是那么愉悦，那么满足。

一瞬间，车身轰然抖动，将她从一种巨大的空白里带走。

她在临江门终点站下车，随后过地下通道，左拐，背向重医附二院，路过经典书店，径直往坡下而去。

他在后面远远地跟着，直到她的背影进入到一栋高楼里面——走近后，他望了一眼楼道口和电梯，然后离开了。那时他是这样以为的：她就住在这栋楼里。他也不敢再跟下去了。可是他怎么想象得到呢？这栋楼只是一个过道，真就是一种“过道”——从楼底穿过，便是一条凌空的天桥，连接着另一栋高楼。他更想不到的是，下行到底，就是自己更加熟悉的一个地方，那是竖立在江畔的他手绘壁画的那个小区。

此刻，他跟着妻子到了这处有些模糊和摇曳的记忆旧址，电梯在十九楼“叮”地停滞，她掏了一把钥匙，插入一间房的门锁上，回头甜蜜地说道：“快来看看。”

从门廊走入客厅，因为刚刚搬迁的缘故，房间里空空荡荡，有些狼藉。正对着入口的方向，是一整面透明的落地窗。

“怎么样？”妻子将脸喜悦地迎着他，“超级无敌江景房，大平层，还是在解放碑——现在哪里还能找到这样的稀罕物？”

“天呐，你说这是不是千值万值……”

她感叹一声，继续絮絮叨叨。他则彻底懵了，一种难以言喻的隔世之感。是的，我来过。他面对江水，心里有个声音无比清晰地告诉说，这是我来过的房间。可是，墙面上那幅手绘呢？他从房间角落里翻找出一个尖锐的玻璃片，从下方将墙面布艺挑开一点缝隙，使劲一扯，在飞舞的碎屑之中，吊脚楼残缺的墨痕，锈蚀地展现在眼前。

“老公？”妻子迷惑地看着他。

“我画的。”

几乎在这样说的时候，另一幅画也如实地延展在他的眼前——她的肖像。

那幅画完成后，他给它取了一个名字：《礼拜一闭馆时刻》。事实证明，在这件事上他的判断是正确的，他再也没画出比这更像样的东西，他甚至也不再作画了。这幅作品——包括它的名称——因其丰富的歧义和可供阐释性，为他赢得了许多现实的东西：一年后，它被拿到四川美院参与了一场“青年新势力作品联展”，那是他第一次参展；接着，它被选送参与了全国青年美展；之后它走得更远了，威尼斯艺术双年展。再后来，借助媒体加予的声誉和广阔的人脉资源，他成功转型，创建了自己的艺术礼品设计公司。那几年，在画作频频参展并在媒体上曝光的时刻，他偶尔也会忧虑，她会不会也看到了？如果她看到了自己的形象在各地展出又会作何想？当然了，他没有得到任何回应。

真是神奇呀，命运让他兜了一圈之后，重新回到此地，以这样的方式。

这一刻，有些东西似乎随着斑驳破碎的墙纸而渐渐明晰起来，他猛然意识到一个事实：这是她的房子！她是我的那幅手绘画的女主人！

他使劲回忆——当时问她为什么请自己给她画像，她的回答是，“这是秘密”。

他想象到了这样的场景：当工作一天，从这栋楼离开时，有个背影在自己身后秘密地跟随着。不是他偶尔撞见了她，而是他行走在她的某种路径里。她完全熟悉他的路径。他想到了她收集的那些资料——那些消失的吊脚楼是她最为倾心的事物。而他在这个房子里描绘了她收集的内容。她用这种个体的方式收集着某种遗失的历史。哦，还有那个富于规律的“礼拜三”，也许真如她说的，没什么特别，只不过她恰好有这个时机，而“四点一刻”的准点离开，或者只是要和她孩子的放学时间吻合。

他问妻子：“这家人为什么要卖房子？”

“你为什么买房子？”她歪过头，似乎这是一个幼稚的问题，“因为钱啊！”

“户主——你见过？”

“不然我怎么签协议呀？”

“男的还是女的？”

“女的。”

“多大年纪？”他努力强忍着心跳。

“三十五六岁吧，跟我差不多，旗袍之友联谊会上认识的，她是两年前拿的这个房，简单装修了一下，本来想给父母住，但她的公司资金周转有问题，就转出来了。”

“哦！”

他忽然松了一口气。想想，她——那个女人今年应有五十多岁了。

“你好奇怪呀，”妻子忽然咬着唇，“今天是什么日子？”

“什么日子？”他嘟哝着。

“你生日呀！”她快乐起来，“不然我为什么带你来？这是给你的生日礼物。特别不？”

“很……”他努力地克制某种情绪，“特别。”

因为得到了丈夫的赞许，妻子获得了一种实实在在的幸福感——就像接受馈赠和过生的是她本人。她的兴致很高，晚上甚至还喝了半瓶红酒。她披着睡袍从浴室出来，亲密地朝他依偎过去。这是个特别的夜晚，他不想——也不能——像平常那样生硬。他看着她的裸体，既熟悉，又陌生。她躺在他怀里，他的手指轻轻从她小腿那里滑过，慢慢向上游弋，她的皮肤如同农田在翻滚，就像雨中的花蕊那样，毛孔迅速张开，酣畅地呼吸着。就在他准备将手指拿开时，她急促地按住他，“别停”。他怔了一下，“怎么?”“舒服，比做爱舒服。”她闭着眼，身体轻微颤栗，一种低沉而愉悦的声音从她嗓子里传出来……“啊，对，就是这样，我喜欢，继续，摸我。”

那瞬间，他几乎是仓皇地收回了这刻意的手。

我们的清晨

小区大门右拐是条餐饮街，端头处那家面馆，面朝新建不久的公交站，门脸上连个招牌都没有，但人人都管它叫作“芭蕾面”。面馆很小，进深不到三米，门口墩着灶、锅，沿壁是打调合的各种作料碗，案板上，打好料的面碗码得一层又一层。食客来了，一般就在坝子上候着。门口木桌也只得两三张，打挤时，矮凳当桌，凳子不够，就端了面蹲着吃，沿着街边一溜儿，像是害了传染似的。店内空间有限，家什冗杂，人在里面转不动，所以生意再好也只请了一个丘二，因为脸腰皆圆，人人唤作胖嫂。老板姓施，约莫四十五六岁，娃娃脸，身形瘦削，一头稀疏的自然卷，使得他比实际年龄要“嫩”一些。可是，老板娘比他更嫩——不是说女人扮嫩，而是确确实实，她比丈夫要年轻个十多岁，所以她总是最清闲的那个。街坊们叫她小钟。老施有两个娃儿，大的女儿已经读中学了，那个小的崽才是小钟亲生的，还不满七岁。

我是这儿的老顾客。

起初，这一带只有我们这一栋小区，更早前此地是果园和荒地。据说八十年前一位当地绅士从日本留学归国，在此开荒养殖，所营之利均皆资助抗战。那时真有这样无私的人，而且还不少。这段历史现在被浓缩成了一道路牌，茫然望着十字街口：金果园路。总之，我住进小区不久，这个面馆就开张了。现在，这一片成了一个庞大的工地，周边全是在建的楼盘，公路上竖着一根根水泥墩，那是未来的轻轨线。这条还看不见的轨道带动了整个区域。似乎前不久人们还在哀叹这里的僻静，一夜之间，就盛放了——土壤的价值，或他们说的“活力”被彻底刨出来了。所有你能想象到的繁华和嘈杂这里都有。七年过去，这条街上餐馆换了一拨又一拨，死的死，撤的撤，也有长久不衰的，比如这间甚至懒得挂上店招的小面馆。

老实说，这个面馆的兴旺，多少要感谢这个口口相传的“店名”。

“芭蕾面”？乍一听，有点怪迷怪眼的，还有点高深莫测。搞不懂嘛，啥意思呢？再说又是食客的创作，多少更有些亲近。至于是哪位街坊的杰作，已不可考。总之人人都这么称呼，名声在外了。现在不光是街坊来，旁边的航空职业学院的学生也来凑热闹，还有人大老远驱车来吃，到了饭点，宝马奔驰在街边停一溜儿。

其实，这个名字不难解释，一般的小面馆主辣，老施下料偏重花椒。“你想想嘛，一口下去，整个口腔都麻跳了，像不像跳舞？但是，老施的麻不是乱整，不是一嘴的麻，而是麻得有节奏，有层次，所以说它是‘芭蕾面’了。”至少我听到的说法就是这样，也很合理。当然，这种事一旦说清楚，反而无趣了。

就我的观察，应该还要加上一样：干净。这间店虽然简陋，但干净。他的碗和桌子也是。甚至老板和他的年轻妻子也干净多了，老施看起来不像是从贵州的某处山村出来的，他多少有点洁癖之类的强迫症。

虽然我是面馆的常客，但跟老施谈不上什么交情。总体上我是一个比较冷淡的人，来了就吃，抹嘴就走，没什么多余的话。毕竟是老顾客，脸还是熟——那种由时间缓慢沉淀的某种互信，还是存在的。再说，老施又在小区置业了，也算邻里。总之就是正常而又有距离地熟悉起来了。

那是一年前，老施办完手续那天在小区遇见我了，远远给我打了个躬：

“以后多关照啊，咱们也是邻居了。”

“恭喜恭喜，”我问，“二手房？”

“是的是的，三室。没法子啊，我家两个娃儿嘛。19 栋——就是坡上那栋。”

“那是洋房啊。找中介看的？买成多少嘛？”

“就是楼层低一点，哪里算得上什么洋房啊，”老施说，“我买得便宜，只花了八十五万——一个顾客，资金出了点故障，急着要钱，现款。”

“那还是划得着嘛。”我心里着实震动了一下，看来开个小面馆也是挺能挣钱啊。

“哎，什么划得着哟！都是拿了性命换一盘油盐豌豆。”他嘟哝（仿佛是哀叹）说。

“可以了可以了，你看看我，还得还二十年，”我说，“没办法，都是拿别人的骨头熬自己的汤。”

那是我们第一次正儿八经说上几句话，不是作为顾客与店家，而是以邻居的身份。之后，再到店里，多了一层亲近的寒暄就是自然而然的事了。

比如，有天我正吭哧吭哧吃着面，老施突然过来说：“你天天都这个时候来吃，你到底吃的是早饭，还是午饭？”

“应该是二合一吧。”我说。

“哦！”他想了想，又说，“你天天睡到这个点起来？”

我说是。然后试着解释，我习惯晚上工作，所以早上总是起不来。

“你也太幸福了，”他丧着脸，“我天天忙到半夜，天不亮又要起来——梦都来不及做一个。”

“我还羡慕你呢，”我说，“我睡不着啊。”

“还有人睡不着？”他很怀疑地瞪着我。

“这是病，得这病的人还不少。”

“天呐！”他换了一副悲伤的表情。

看得出来，老施对我的失眠症很感兴趣。下回再去，忙里偷闲都要问上一句：“好点没？”

我只有摇头："方子也用了好几副，没用。"

他也跟着摇头，很惋惜的样子。

隔了几天，老施又提到这事。"哎，你不说我还真不晓得，睡不着的人还真是多呢！有个经常来的女娃，也是长期失眠，她说练太极效果不错。"他从兜里摸出一张纸条，"你练不练嘛，我把师傅的号码给你。"

我接了，道谢。但拐弯后就扔到垃圾桶了。我倒是想练，可我起得来吗？

再就是前不久了——准确地说，是上个月中旬。我像往常一样，拐出小区来吃面，老施一屁股坐我边上，似乎是憋了好久的了："你到底做什么工作嘛，天天熬更守夜。"

"相当于民工吧。"我告诉他，起初我在早报做记者，天天晚上加班写稿子，磨蹭也要磨蹭到晚上，不到截稿前不写，写完后，整个人就兴奋了，那么兴奋的人怎么可能睡觉？后来转岗做编辑，每晚能在凌晨前下班就算是烧高香了。半夜回家，从冰箱里拿出卤菜，跷着脚板，看电视，喝啤酒，一直到眼皮撑不住了才滚到床上。醒来基本上就是十点半到十一点之间。

"唷，你这民工可高级了。"老施长吁了一口气，如同破了桩悬案一样。

他垂着手走了几步，回头又说："有个事，不晓得算不算新闻？"

老施说的是旁边菜市场有一对夫妻，四十多岁，菜贩子，但是拉丁舞跳得可不错了，前几天刚得过一个什么“舞动山城”的成年组亚军。

菜贩，中年大婶，拉丁舞亚军——就凭这几个反差巨大的关键词，我马上意识到，这个事完全可以做成头版了。

“没问题呀，”我跟老施说，“那就请你联系一下，定个时间，我约摄影记者一起。”

“好呀，”他说，“那我跟他们说一声。你看明天行不？”

我说行。

“对了，我听一个医生说，失眠这种病其实不难治。”

“哦？”

“他告诉我，如果你早上起床困难，晚上尽量不要工作，就是不要费脑子。或者出去夜跑，跑一个半小时，回家烫个脚，保管得行！再睡不着，你要啥子我都赔你。”

第二天上午我到面馆略早，但还是快到十点了。

这时，早餐已是收工阶段了，老施正将一碗剩汤倒入街边的泔水桶，看见我伸出两根指头。点点头，进店里给捞面的胖嫂说：“二两，加豌杂！”又说：“多放青叶子，少海椒。”

我将一张塑料椅拉到桌子旁，眼前的公交站——有点像是被游客践踏后又迅速撤离的海滩，一次性纸杯、餐巾纸、烟蒂、痰迹都遗留在那里，但是使用它们的人却被公交车不知送去了那里。远处是薄薄的但不均匀的白雾。重庆的初冬就是这样，明明是上午，可看起来就像是一日行将结束之时。如果说这时与黄昏有什么区别的话，恐怕就是走过的人——他们脸上相对要干净一些。

“还是起不来？”老施将我面前的几个剩碗抄走，顺手将桌上皱巴巴的纸巾抹到地上。

我摇摇头：“没用。”

“鬼话哟，这都不行？”老施叉着腰问道，“你昨晚跑了吗？”

“跑了，”我挥着手机说，“两万步，从小区后门一直跑到宝圣湖，沿着湖绕了一整圈，又走回来的。”

没骗他，我真跑了。差不多一个半小时（当然是跑一跑走一走）。结果证明，失眠似乎跟疲惫感并无直接关系，至少，这一次的效果并不明显。事实上我什么法子都试过了。没用，统统没用。当然，老施说得也许在点上，“一晚上的跑步只是浅表性疲劳，真正的疲劳都是一点点累积起来的，那时候，你不想睡都不行，你现在的精神系统太饱和了。”老施的分析是有说服力的，因为我还没见过几个像老施那么渴望睡眠的人。真的，他的眼皮总是撑不完整。

“恼火，”老施提着抹布，呆呆地站立一旁，但又不是在问我，“这是咋回事？”

“搞不懂。”

“确实，我也不懂了，”老施看着店堂内，胖嫂在往面碗里淋臊子了，“我给你把面端过来。”

我从竹筒里取出一双筷子，在面碗里搅拌了一会儿。

老施把另外几张桌子抹干净，在水龙头下冲了下手，走过来坐在我对面说："看来只有一个办法。"

"什么办法？"

"你应该来和我换换，保管只要两天，两天就治好你的病。"

我将目光投向老施身后的面馆："这个我信。"

老施呵呵儿笑："是吧？"

"是，那样我就变成你了，站着都能睡着。"

"还真是，有一回我打作料，还真差点就睡着了。睁开眼，碗里干干净净。——妈哟，作料都打到脚背上了。"说完，老施兀自笑起来，仿佛这是一件顶顶好笑的事。

我被海椒呛了一下，起身去打豆浆。

老施从兜里掏出手机，拨了一个号码，然后放在耳朵边。

我回到桌边，胖嫂突然走过来说——用一种扭捏的语调："老板，我出去一趟。"

老施盯着无人应答的手机，头也没抬："你要去哪儿？"

"我老家的侄女过来了，"胖嫂瞥了下自己的老板，"刚刚她说已经出了火车站，从龙头寺坐公交车过来，我要去接下她——她认不得路。"

"多大的娃儿了，还不能自己坐个车啊？"他嘟哝着，又开始埋怨媳妇，"这个小钟也是，跑哪儿去了。电话也不晓得接！"

“放心，不得耽搁事——我只去一个半小时，十一点四十前就回来了。”胖嫂一边说，眼睛却盯着我，好像我能做主一样。

老施也瞥了瞥我，想了想，挥挥手，算是给胖嫂放行了。

“好吧。”

胖嫂拎着包匆匆走了，老施突然说道：

“我想了想，要想早起，光是那些手段，都没用的。”

“哦？”

“我觉得吧，最重要的还是——你要有一个起早床的理由，一个绝对的理由。比如我，我必须比大多数人起得早，是因为我干这样营生。要是起不来，我这店就别想干了，一家老小，也别想活了，”老施顿了顿，“你缺了这个东西。”

这话叫我愣了一下，他又接着说道：“对了，昨天说的那个事——我已经约好了。下午三点，航空职业学院对门，商业街底楼有个王小王舞蹈工作室，那是他们练舞的地方，你直接去，很好找。或者你提前到我这里，我带你去。”

“行嘞，”我把筷子搁在碗口，拿桌上的餐巾纸抹了抹嘴巴，起身说，“那就这样。”

他说好，又说：“哎呀，我干脆把门拉下来，眯一会儿。”

我跳上公交，去交燃气费——家里不出热水，我还以为热水器坏掉了，后来拧打火灶才晓得停气了。晃晃悠悠到了燃气公司营业厅，缴费后，又去了一旁的永辉超市，逛了半小时，买了一袋子水果。在站台等了十几分钟，一直等不到公交车。突然也不想坐车了，反正步行回家也就三四站路，就当运动。“你必须增加增加活动量，不能一天蹲在电脑前了”——医生这么说，老施也这么说，“你就跑，跑到精疲力尽，跑到卵子打抖，我看你还睡不着？”

吭哧吭哧走了二十几分钟，果然浑身发热。

路过一条巷子时，我突然看到小钟——老施的媳妇，佝着背，裹紧风衣，从一家商务酒店钻出来，朝我这边瞥了一眼后，往另一侧疾步离开。我愣了一下，以为看错了。可是，没错啊，就是小钟，虽然戴着墨镜，但墨镜也挡不住一张脸啊。

我下意识地看看手机，中午一点一刻。这时候她在酒店干吗？我点了支烟，就要往前走，又看到一个熟面孔——也从那间酒店出来。他是谁呢？快到小区时我才想起来，这个年轻人也是面馆的常客，是小钟的驾校同学。

这无意间的一瞥，让我有些心神不宁。午觉也没睡好，磨蹭到下午两点四十五，我背着小包，出门去了。

摄影记者小谷电话说，他已经到了。于是我直接去了学院门口，跟他碰头，一块儿去了练舞房。那对夫妻已经到了，早就换上了舞蹈服。但没见到老施，我就请他们先“表演”——主要是为方便小谷，他赶时间，举着相机一阵狂拍——一招一式，挺得劲的。小谷拍完片子，撒腿去赶下一个稿子。我留下来，跟夫妻俩聊了一会儿。男的比较腼腆，女的很健谈。但要谈出什么深度是不可能的。不过，够了，也算有料，挺有趣的。

完事之后我回报社写稿，写得还算比较顺利，图片也不错。放在头版。签样后，我打车回来路过公交站，看见面馆关着。

第二天下午，我从邻居那里听到了这个消息：老施死了。

接下来一段时间，我经常陷入一种不知来由的痛苦之中。

我指的是老施的死。他的死似乎跟我存在某种隐秘的联系，我是这样觉得的。

首先，我是他死之前见到的最后一个人。

其次，那天我们约定的见面时间，是他死去之后——可笑吧？我们约在三点前碰头，可他在中午一点至一点半左右已经死亡。

然后，重要的是，我不幸获悉了他妻子的隐秘，一种见不得人也无法托出的秘密。

将以上几种信息集合在一起，你难免不会感到心烦意乱。就好像他的死是我造成的一样，至少，或多或少有那么一些关联吧？那天，要是我看见小钟的同时给他打一个电话，会怎么样？又或者，如果胖嫂请假时我没在场，他会给胖嫂允假吗？胖嫂要是不离开，他不至于睡死。真的，老施是“睡”死过去的。

胖嫂赌咒发誓说中午十二点前回到面馆，可是并没有做到——换句话说，老施的死是一个诡异的巧合组成的悲剧，不管是理应在中午前来换班的小钟，还是该在十一点四十到岗的胖嫂，都没有准点回来。对，应该指出的是，胖嫂说谎了，她说去接侄女，其实完全没有这回事。她是去了石桥铺电脑城。事情大概是这样的，前一天，她捡了个苹果手机（很可能是顾客掉在面馆的），她晓得这是个好手机，偷偷藏起来没声张，可是电话打不开，要密码。她想到有个侄儿在石桥铺卖手机，就过去请他帮忙开锁。可是她又不放心，怕被调包，于是兢兢业业守在旁边。解个密码那么麻烦，她完全没想到。等到回来时她奇怪地发现，面馆没开，卷闸门关了半截。她抽起门，看见老施靠在椅子上，头仰着，一动不动。

“妈哟，”胖嫂这么对街坊说，“我以为他睡死了，拍了拍他的肩膀，动都不动。我推了一把，他就滑到地上去了。我才晓得，糟了！”

等到救护车过来，老施早已不出气了。胖嫂说也没听得太清楚，“说脑梗还是心梗，反正，就是睡着睡着，睡过去了”。

当邻居绘声绘色地复述时，我有一种被电抽打的感受。

老施一直渴望睡觉，他欠瞌睡，现在，老天把睡眠一口气全部偿还给他，但他也不可能再醒过来了。一个人在睡梦中死去究竟是怎么回事？就像一座桥，你过去，就过去了。很轻松，很坦然。没有波折，也没有什么恐惧可言。但这种死法，老实说，让人恐惧。我不知道那一刹那，老施是否求救了。没人提到这事。

于我而言，除了那种说不清的沮丧，还有一个后遗症：我害怕在小区见到小钟——那位年轻的遗孀。说不清这是为什么，又是什么感觉，我没法准确地描述。好在，我也没遇到过。听说小钟把老施的遗体带回了贵州老家。我第一次知道，老施是水族，他们的丧葬仪式过程繁冗。

但是我梦见过她。

在那间商务宾馆，四楼的某一间房里，窗帘合得严严实实的，浴室的抽风机喧响着，灯开着，光洒在玄关走廊上。整个房间里只有那里是亮的。手机在枕头旁震动起来，她费力地将手臂从他的胸膛下抽了出来，想要看看是谁打来的。事实上当她勾着手臂去摸手机时已经想到，肯定是丈夫。她刚抓起手机，就被他抢走，扔在床的另一头。此后，她的电话又响过一次，可是她没去管。她的叫声比铃声更持久……

然后我醒了，全身是汗。我很少记得住自己做过的梦，但这个梦如此真实，就像我躲在房间里目睹了一切。我睡不着了，坐在雾霭四伏的阳台上，试图想起与老施交往的点点滴滴，但没有，关于他，我拥有的记忆少得可怜，零碎而且含混。

几天后，我接到电话，是那对跳拉丁的夫妇打来的，之前他们邀请了一次，说请我吃饭表示感谢。那篇报道反响不错，据我所知，之后电视台也跟进了。这次我似乎不好再拒绝了。再这样的话有点拒人千里的意思。实际上应该道谢的人是我，这一行干久了你就知道，不是我们创造了什么，提供了什么，都是平台的作用。离开平台你跟他们没什么区别，都是阴影的一部分。

他们选了一家刀叉牛肉馆，自己带了一瓶长城干红，夫妇二人轮流举杯，我喝了不少。

“那天采访很匆忙，也没见到你们的舞蹈老师，”我说，“你们表现还是挺专业的。”

女人说：“您不知道啊？”

我摇头。

“老施呀，”她说，“是他教的我们。”

“老施？跳拉丁？”

“不，他职业是跳芭蕾。准确地说，跳反串的芭蕾舞演员，”看到我不甚理解，她又解释道，“其实就是扮演女方角色的芭蕾演员。”

我突然明白了，“芭蕾面馆”这个名字，其实是知情的街坊对老施那个隐形身份的一种揶揄，并非是“重麻”什么的。同时，我也大概得知了这样一份履历：

老施出生于贵州山村，八岁跟着老汉去城里走亲戚，第一次看到电视，又恰好看到电视上表演芭蕾舞剧——顿时把他惊到了。原话是这么说的——“像是晴空霹雳，凭空给我心上开了一道口子”。十四岁时，他因为外形和身体条件还算不错，被招进了成都军区文工团当了文艺兵。那阵女兵不多，有一次恰逢演出，人手不够，领导看他面目清秀，长得像个女娃儿，就临时拉他凑个数，反串了一次，居然没人发觉。后来领导就同意让他学习芭蕾，并随团出去表演。十几年后，因为母亲垂危，加之处的对象——那边的家长也再三催促，他从部队转业回到贵州。

“从来没听老施说呀，”我说，“奇怪了。”

“有什么奇怪，”一直沉默的丈夫突然说，“我之所以跳拉丁，也是因为老婆，最开始她是跟别人跳，总有人嚼舌头，说这说那。那么我想问，男人跳芭蕾，而且还是化装成女人，这种事你觉得一般人能接受多少？”

确实，我承认。

“老施活得太累了！”女人突然说，“大家都鼓励他去《中国梦想秀》试试，每次他都说，还不到时候。”

“为什么呢？”我问。

“他能走吗？走得开吗？一方面，小钟根本不同意，另一方面，他自己也没有安全感。”

从部队转业后，老施在县民政局干了几年，不安分了，觉得那不是自己想要的，出来创业，开了城里最早的服装专卖店，顺风顺水，因为做得红火，很多人，尤其是工商税务的公职朋友，纷纷押宝在他身上，希望他做大做强。于是他在广州考察后，又投资一百多万兴办了城里最早的粤派美食商城，可惜，这次他的观念过于超前，当地消费观远达不到这个层次。他做砸了。人倒众人推，欠下一屁股烂账。打开门就是追债讨债的人。那是二〇〇一年。他那个山村出来的妻子哪里见过这种场面，身体原本就虚，这下完全崩溃了，精神恍惚，一病不起，没几天就走了，留下一个刚出生不久的娃儿。

至于小钟，是老施刚开面馆那阵招的服务员。原本，他是没有再婚的念头的。一方面，逝去妻子给他的那种阴影仍在，另一方面，女儿也大了，何况小钟还比他小那么多。

“比他小，应该也不算什么坏事吧？”我插嘴说。

“你不知道——”这位女士刻意压低了语气，“小钟那时，肚子都已经显怀了。”

“什么意思？”

“你应该晓得啥子意思！”她说，“反正不是老施的。”

总之，老施做了一个错误的决定：跟小钟扯证，就等于是把自己给“投”进去了。当初，老施跟小钟同居在一起就不是为了什么感情，而是困于现实的一种“共存”。他既要拉扯面馆，又要拉扯女儿，早就力不从心。没个帮手，圈子是扯不圆的。但为此，他又不得不承受另一种现实，不扯证的话，那个无辜的婴儿就成了黑娃。为此，他只能无视外界的议论，同时承接的还有父亲和丈夫的责任。当然这也意味着，他重归芭蕾的愿望，必须搁浅于现实生活之后了。

要不是这对夫妇透露，我根本不知道，老施不久前还在北部新区供了一套房，小户，却是学区房，是给第二个娃儿预备的——这也是他为脱离这段婚姻付出的最后一种努力。我无法猜测老施到底在心里是怎么想的。就像我怎么也想象不出，老施跳反串芭蕾到底是什么样的？一个中年面馆老板，套着紧身长袜扮成喜儿的模样，脑袋上扎着蝴蝶结，踮着脚尖，高举着兰花指，在舞台上旋转。我想象不出来我未曾亲历的事物。

此后，面馆一直关闭着，不知何时门上贴了转让的启事，但无人问津。毕竟是死过人的，闹得沸沸扬扬，对吧？很难有人接手，毕竟不那么吉利是吧？小区里传闻也多，总体来说就是两件事，第一，是说老板娘早就在外面有人了；第二，说老板娘不光是转让门店，还在出售小区的房子，“尽快收割老施的遗产”。关于第一件事，老实说，我听到时有点心虚，那些闲言碎语就像是我泄露的一样，实际上，我从未跟人提到过。我一直在想，那天中午，小钟很可能看到我了——虽然仅仅只是一瞥。我拿不准，她会以为是我散播的吗？当然，这不重要了。老施去世后，我就没见过她，她似乎是消失了。

但是我意识到一件事，我不能再这样荒芜下去了。不是工作叫我丧失了热情，而是我丧失了自己。

我买了一个闹钟，定时在凌晨六点。

难以置信的是，这次，我被闹钟吵醒了，就像真的有根弦把我拨醒——很顺利，一点儿抗拒都没有，相反，还有些小小的兴奋。那是我这十年来第一次晨跑。

走出房间，我第一次发现，世上最先醒来的是声音：开门的声音、放水的声音、锅碗瓢盆碰撞的声音、孩子的唧哝，老人的咳嗽……然后是发动机的声音、小贩叫卖的声音、行人的脚步声……这些声音由少而多，由此及彼，越来越稠密和宽阔，像河流四处漫延的浑水，很快铺满了整个城市。

我绕出小区，沿着马路跑出十公里，然后由湖边往回跑。到公交站时，我蓦然发现——老施的店门洞开着，胖嫂蹲在门口择菜，挑面师傅手持着长长的筷子站在灶台后面。这一幕有点魔幻，就像这家店一直开着，从未有过片刻停顿。只有一点变化，一个微小的变化，门楣上多了一个崭新的店招——芭蕾面。它终于有了自己的名字。

我好奇地朝面馆走去，尽管灶台后的人戴着厚厚的口罩，但不难辨认，这是小钟，那个从没上过灶的遗孀——压根不是邻居们预测的那样，她回来了。

不知道这几个月她经历了什么，又克服了什么？我想每个人都多多少少有这样的时刻——那种内心犹如石沉大海的时刻。但我知道她站在那里前一定已经做好了准备。就如老施当时那样。

记得有一次，我问老施，清晨到底是什么样的。

“早晨每天都是新的。”

他还说过，“你缺一个绝对理由”。

此刻，我完全理解了他的意思。从困境里走出来其实并不太难，只需要起个早床。就像小钟现在这样，或者说，就像此刻的我。清晨是什么？也许，就是一种每天都在丢失但每天都在捡回的感觉。这种感觉真的复杂极了。

那些荒芜的雨滴在夜里明亮极了

她总是佩戴那个硕大的琥珀坠，点一杯鸡尾酒，坐同一个位置——如果那儿没被其他先到的客人占领的话。那是吧台左侧，靠后窗的角落。此处原是一个狭窄的木结构生活露台，宽约六十厘米，如果放上茶几，人就难以进出。四个月前，李东文接手酒吧，对这里进行了一点小小的改造：在底楼外侧垫了三根圆木柱作为支撑，把墙面整体拿掉，定制一面钢化玻璃将阳台封闭起来。这样一来，内部狭小的面积因透光而显得从容了一些。从背楼经过时，隐隐有了些吊脚楼的奇观。坐在室内视野也宽阔多了，对面沉默的金碧山、缓缓流淌的嘉陵江和嶙峋的乱石码头一览无余。可是，在这么阴沉的夜晚，透过玻璃是看不到什么的——雾蒙蒙的江面，对岸灯火仿佛在燃烧时突然凝固了。当然，很多时候狭小的酒吧内部也是烟雾缭绕的。这是一个主题酒吧，进门就能闻到混杂着酒与烟油的气息，右手边的一个木质展架上摆放着上百种电子烟具和烟油，来这的顾客大都是蒸汽烟发烧友。但她不是。好几次，李东文看见她点燃一支真烟。虽说许多人抽电子烟是为了戒烟，可她显然不像是有戒烟的打算。不过，她就是为这个来的。

那天下午，李东文在吧台下面够掉下去的签字笔，听到一个女人问询道："有人吗?"他抻出头，看见她站在面前，个头不高，体态比较丰满，但脸颊是瓜子形。"你这儿有电子烟吗?"他回答说："喏，都在架子上。""噢，我是想问问，你能帮我修一下这个烟具吗?"说完她摊开手掌，那是一款单电机克莱鹏烟管，早些年的入门级标配，现在可不常见了。他从她手上拿过来，问询道："什么问题?"她说："不出烟雾。能修吗?"他转身到吧台前，找了一把螺丝刀，拆解下来，仔细观察了电机、管道、雾化器，告诉她："没坏。""噢?"他解释说："应该是电池的原因，原配电池老化了，不能续航。"于是她问："你这里能配吗?""配上意义不大，现在都用双电主机了。"看见她失望的表情，他迟疑了一秒，说道："我去找找。"随后他从自己收藏的一个街机里卸掉电池，安装在她的烟具里。当他忙乎时，她就坐在那个位置，望着外面。那是三个月前。那时还是夏天，转瞬间就初冬了。重庆的秋天极为短暂，似乎是换上长裤的第二周就不得不多加一条秋裤。冷不是问题，问题是湿哒哒的冷。尤其磁器口——这种沿江的古镇。李东文能承受这里的炎热，但还不能完全适宜这种难以驱除的阴湿。可她还穿着短裙——似乎见到她起就一直是这样，随意的装束，短裙，倒是很配她的短发的。

今晚，店里就他一个人。横街上没什么游客。起风了，巷子里冷飕飕的。可在他想要打烊时，她来了。几乎在她坐下时，他发现外面开始飘起雨丝。之后来了两位客人——为躲雨窜进来的。一个是外地的，说着北方话；一个是本地人。一高一矮，言语间散发着浓重的酒气。一开始他们为一件什么事有些分歧，也许是跟一个什么电视剧本有关。高个子是专程来见这个矮个的，后者可能是一个编剧，两人应该在合作，但矮个并没拿得出什么像样的东西。高个儿极不满意。之前他们在吃饭时就为这个发生了争执，走到横街时，问题仍然没有得到解决，而且下雨了。然后他们拐进了酒吧。——断断续续地进入耳内的信息，大概就是这样。十几分钟后，这两人终于在某件事上达成了共识。高个儿情绪好多了，矮个有点沮丧。但争执结束了。他们又要了一壶清酒。语声明显放低了，他们注意到了角落里的她——抽着电子烟，喝酒，翻阅新一期的《中国国家地理》。随后，矮个走了过去。不知道他说了什么，接着就将酒具和同伴一块转移到了她那张桌，同时招呼李东文再送两壶酒过去。

“就来。”他在吧台后面应答道。

那次修理之后，女孩每周都来，但她并不热衷于蒸汽烟——看起来更像是一种任务，不知为何她总给他这样的感受。不过有年轻女顾客总归是好的，正如常客小单评价的那样，“给这个昏暗的公兽聚集地带来了一抹亮色”。小单和他的伙伴们说归说，但来真格的又不够胆。因为她看起来更为成熟老练——光是一副“那又怎样”的神情就让他们暗暗生惧。再说她不总是一个人前来，也带男伴：坐上一阵，安安静静抽几管蒸汽烟，喝掉两杯鸡尾酒，然后相携离开。只不过，她带的男伴每次都不一样。小单酸溜溜地说，她一定是“吃泡饭”的。李东文只是听着，也不为此争辩。事实上每次结账的人总是她，她拒绝男伴为她付账。当然，她也独自前来，比如今晚。

第六壶酒送过去时，李东文瞧出来了，那两个顾客是对她有点想法。

这条悬在古镇一侧的横街被驴友称为“最像丽江的一条老街”，撇开那种古旧的气质，其实也就是说，有些人将对远方的艳遇期待寄托在了这里。她不会不清楚他们的意图——但看起来泰然自若。不过在试图灌醉她之前，那两个熏熏然的家伙已经把自己先喝翻了。尤其是那个从北方来的高个儿，喝得太急，眼睑变得肿胀，语无伦次，开始动手动脚——试图将她从角落里拽出来。矮个掏出钱包，歪歪扭扭地来到吧台结账。在吧台，他们两人同时听到了那声清脆的掌击声，赶紧跑过去。

高个儿捂着脸，抻着大舌头说：“×，给脸不要脸，你丫不就是一鸡吗？”

她冷冷地：“你妈才是！”

高个儿抡起手臂，李东文赶紧伸手把它拦截下来。

“×，你丫到底是站哪头的？”高个儿两只空洞的眼睛瞪向李东文。

矮个附和道：“老板，这就是你不对了哈。”

李东文问："怎么不对？"

矮个低声说："你不了解情况，刚刚说好的，我们喝完八壶酒，她要陪我们回酒店的。"

"滚，"她说，"我给你打字据了？叫你吃屎你吃不吃？"

李东文张开双臂拦住两人："请你们离开。"

高个儿指着她，浑浊地嚷道："你他妈是不是媒子呀？就是推销酒的。"

"走可以，"矮个说，"她跟我们一块走。"

李东文往前站了半步："你没听见吗？她是我的媒子。"

"我 ×！"高个儿朝李东文扑过来，结果反被捉住了胳膊，甩也甩不开。矮个操着矮凳从背后照着后脑给李东文来了一下，他晃了一晃，高个儿趁势挣脱，弯腰去找家伙。女人从侧方冲上去，一脚将矮个踢了个趔趄，手里的凳子摔下来，撞碎了桌上的茶壶。高个子抓住她，扼住脖子。又被李东文拿手掌劈到颈子，后退几步，痛苦地嚎了一声，又扑过来。四个人缠斗时，李东文跑到吧台掏出一柄常备的生存刀，看到刀刃上的反光，两个人酒也醒了，一前一后跑出去，消失在雨中。

"我应该备一些伞的。"李东文坐在矮凳上，抱歉地说。好像外面的雨越下越大，她无法离开，跟他有什么关系似的。之前那个矮子从背后给了他一下，头上起了一个包，血从边缘破损处渗出来。她从抽屉里找到一条干净桌布，用剪刀拆开，给他缠在头上，动作娴熟。

她没接他的话，从他身边绕过去，从随身的肩包里掏出一包细支白娇子，晃了一晃。“要吗？”

他摇摇头。

“你为什么要抽电子烟？”她点烟时，火光从脸庞上停顿了一瞬，然后就消失了。

“不知道，”他说，“我一直想抽烟，可总是学不会，呛。”

她看着他，像是在分辨这句话的涵义。又问道：“你哪里的？”

“长江下游，荆州。”

“噢，”她环顾四周，“我看你店里经常也没什么人嘛。”

他懂她的意思，这个外地人肯定是脑壳有包，跑这么远来古镇背街上干这么一种不挣钱的营生。

“很偶然吧。”他试图解释一下，但发现自己不具备这样的能力，干脆放弃了。

她轻轻笑了：“只有死亡是必然的，其他的都是偶然。”

他想了想，觉得她说得很有道理。

“有故事？”她吸了几口烟之后，望着外面的大雨，“给我讲讲呗。”

他指着她的烟：“我试一下？”

她把指间还剩一半的烟递给他。他吸了一口，果然呛着了，露出痛苦的表情。喘息平静后说：“像我这样的人，谈不上什么故事。”

但他仍然讲了。从五年前开始，他尝试着造访西南沿江流域的大大小小的古镇：从湖北，到四川、贵州、重庆、湖南，基本上地图上能够找到的古镇他都走了一遍。第一次到磁器口是四年前，没过夜，待了一个白天就离开去了江津的中山古镇。那天下午，他无意拐入这条远离景区的灰扑扑的街，蓦然觉得有点像小时住过的地方，邻居，蒲扇，蜂窝煤，理发匠，当街是菜贩子和划鳝鱼的，穿着睡衣的中年妇女穿行其间，有种莫名的人情味和熟悉感。这个印象很深刻。四个月前他重访磁器口，突然就有种“走累了，想歇歇”的感觉，正好遇见这个店经营不下去了。听说他有意接手，一心想要逃离的店主几乎是喜上眉梢地一股脑塞了给他。这条街还是太偏了，游客很难走进这条窄小的背街。不过对他挺合适，他喜欢这种闹市一隅的清净。“接连走了好几年，累了。我想停顿下来，想一想。”

“这有点特别，”她把烟蒂摁进桌上的烟灰缸里，“我是说，你一直这样四处游走。那么，你是摄影师？旅行作家？”

“完全没这些天赋。”他苦笑道。

“那我就不明白了。”

他迟疑了一秒，但似乎也没什么好隐瞒的。

所有的变化均发生在妻子死去之后。此前，他跟世界上大多数人无甚区别，工作，家庭，朝九晚五，按部就班——即便是妻子被检查出肺腺癌的那三年时间，尽管这突如其来的变故消耗着每一个人，但生活还是照常推进。上班时他兢兢业业，尽量让自己“正常”，而不是一个癌症患者的丈夫；考虑到癌症患者对洁净空间和自然的需要，妻子患病第二年，他把家搬到了郊区。周末两天，他陪妻子在院子里种花植草。连他自己也对此没有可指摘的。可是他也经常会问自己：厄运为什么找到我？为什么偏偏是她？他并不抽烟，从来没有。可是妻子却患上肺癌，就像一种讽刺。就是那时，不知出于何种心理，他很想要抽烟——似乎那些从嘴唇里吐纳的白色烟雾能带走心底的压力。但更讽刺的是，他根本学不会。妻子死去后，他站在那个郁郁葱葱的院子里，感觉心里空荡荡的。她也没留下一个孩子什么的。因为子宫肌瘤和体质的原因，她总是难怀上。原来他觉得是迟早的事，到现在他懂了，这是某种莫测的命运。那间院子是她全部的遗物，她只留下了这个环境，还有她的形象，渐渐变得稀薄的形象。他在那里独自待了一周，离开了，再没回去，也没回过单位。一直在各地行走。

“不是所有的肺癌患者都是因为抽烟或二手烟，”她说，“这种事情很复杂，也可能是遗传。”

“你是医生？”他问道。

“我是护士。”

“但是，”他垂着头，“她父母没有这种病史。”

“有时是这样的，”她说，“我见过一个病人，三十六岁时查出肠癌，后来又从他身上衍生或新增至少七八种癌症，甚至还有乳腺癌。现在他已经六十岁了，但他还活着。”

“这是什么原因？”他有些好奇。

“开心呗！他觉得自己余下的每一天都是捡到的。那是个快活人，根本不像是带癌生存的病人。”

这句话触动了他。

他想象不出一个人的身体里积攒了这么多的恶性肿瘤究竟是什么感觉。同时他第一次意识到，导致妻子死亡的问题不仅仅是绝症，还有其他一些东西。

“那你后来——”她问道，“有过其他女人没有？”

“如果你说那种实质性的交友，那是没有。”可他没说的是，萍水相逢的当然有过，几年来有那么两三次。像他这样不擅言谈的中年男人，解开女人的衣服比解开她们的心扉还难。

“可怜的大叔，”她带着怜悯看着他，“想吗？”

当然——可还没等他如实表达，她已经走过来，环抱住他的头。唔，宁静的味道。潮湿的味道。混合了烟油和鸡尾酒的味道。还有温暖的丧失感。他将自己埋在柔软的乳房，有点羞耻，又有些亢奋，感觉包括自己在内的整个房间都不可避免地丧失掉了。

女人身上有些圆柱形的疤，只有当她脱去衣服，完全赤裸时才能看见。大约六七处疤痕，分布在她的大腿内侧，看起来像是人为的。她不避讳地说："是烟疤。"见李东文仍然疑惑，告诉他："我自己烫的。"她的坦然让他吃惊，然而那些丑陋的疤痕令他心悸，像是一只只暗黑的瞳孔。

十分钟前，李东文经历了人生第一次疯狂的性爱。她趴在玻璃窗前，雨点敲打在对面平房的铁皮瓦上，溅出沉闷的噪声。他从背后进入。蜿蜒流泻的雨丝，陌生的肉体，使他有种不知身处何处的幻觉。现在他平静下来，发现了她大腿内侧的这些烟疤。

她赤裸着下身，径直跨过他去点烟。然后他发现了另一件事：她脱掉短裙和内裤，却没脱掉上衣。这不是问题，问题是，在他们相拥之前，她很慎重地——他只能想到这个词可以匹配——从颈子上取下了自己的挂饰，那个形状有点不规则的琥珀吊坠。

她叼着烟，从椅子上找回自己的内裤，把腿放进去。

他回到吧台，找了一条宽大的桌布给她。她围在腰间，给自己做了一个保温的屏障。

外面的雨丝毫没有停，看样子不下一整夜是不会罢休了。李东文重新调了两杯酒，一杯给她，一杯放在自己面前，目光仍放在她的大腿内侧。

"别问我。"她一脸无所谓地说。

"可是——"他觉得很矛盾。

她把烟搁在烟灰缸上，拿起酒抿了一口，重新将烟夹起来。

“你很喜欢打探别人。”

“我只是喜欢观察而已。”他说。

“一个意思。”

“不是，”他较真起来，“我就是单纯地想了解了解。”

“了解什么？”她反问道。

他试图诠释，可手臂在空中画了一个圈，还是泄气了，“就是想知道你们女人是怎么想的”。

“比如——？”

“比如你的这些疤。”这是他第一次直视她。

她躲避着目光，拿起那杯酒，轻轻摇晃。

“别误会，”他说，“我只是发现，你带来的那些男人，其实，他们都不抽电子烟。”

“你还发现了什么？”

“既然他们不抽，为什么你带他们来呢？”他停顿了一下，“其实你自己也是。”

她忽然笑了。

“我就说你有窥视欲。”

“换成任何人是我，”他诚恳地说道，“难免也有这样的疑惑啊。”

“不是这样的，”她说，“很少有人像大叔你这样。”

“我——怎么样？”他问。

“你看不到自己，像是要把一个人刨开，从里面翻找什么东西一样。”

李东文有些困窘，但觉得这句话挺生动的。

“这不是坏话，”她说，“至少我接触的那些男人，他们从来没有这种好奇心，他们并不真的关心——你为什么这样，为什么不那样。”

他想到她带来的那些记不清面孔的男伴们。

“还是告诉你吧，”她说，“那个电子烟管，是我男朋友的。”

有一天，甚至并没留下只字片语，男朋友突然把自己和属于他的东西从他们同居两年的房子搬出去了。那天晚上，她才意识到自己陷入到了一种只有自己才清楚的境地：恐慌、绝望、屈辱。

她交往的男孩不少，但从未像今天这样。她这下清楚了，他留下了一个洞。她在这个遗留的洞里失眠到天明，想了很多，但更多是思索怎么挽回。上午她尽量平静地拨打电话，可是他不接。然后她崩溃于一个事实：他把所有可能找到他的联系方式都屏蔽和删除了。她为这个发现而发抖。她不知道他为什么这么决绝。该愤怒的那个人应该是她呀，他在与她相爱的日子又爱上了其他人，他们公司的一个女孩。她试着去他公司要个说法，但当真的见到他们——亲密地并肩走出电梯，又哆嗦着从门口逃离了。

她睡不着了，整晚整晚失眠，在这个黑暗的洞里尽力回忆与他的点点滴滴，然后打开电脑，将想得到的全部细节都记述下来，然后发给他。好几次她写着写着就哭泣起来。可是从来没有回应。那些邮件似乎是通通寄给了黑暗。在他离开后第二个月，她开始在网上关注其他同样遭遇的人与故事。有一次，她看到一个网帖：一个女孩专程去泰国求了一道和合符，竟然成功挽回了前男友。她不相信这能有用——从来也没有。可真是着了魔呀，她的手指不听使唤地开始搜索这些乱糟糟的信息——道士，作法，灵符，甚至淘宝上也有开光的和合符出售。她觉得自己一定是疯了：一年下来她陆续买了两万多块钱的灵符，卧室、床上、柜子上贴得到处都是。当然，毫无效果。但在寻觅灵符的过程中她接触了很多类似遭遇的朋友。有个同样伤心的女网友说，你们分手都过了一年，复合的希望已经很渺茫了。不如请苗医，据说他们有一种神奇的摄魂法术。那时她依旧每周给他去信，关注他的任何可能得到的信息。可是她得到的仍然是空白和绝望，完全不知道自己到底错在哪里，他弃之如敝屣的原因究竟是什么？如果不能挽回他，至少也不能让那个女人好过。她在网上联系了一个苗医，对方给她寄来一盒用作法事的纸人，附有咒语，让她在子时去他住处附近的十字路口，诵读咒语时烧掉。她在他公司附近的丁字路口——那是他经常和那个女孩一块离开的地方——做了这件事。后来一段时间，她慢慢苏醒过来，意识到自己的过分沉溺已有成瘾症状，她试着放下这些，戒掉灵符，强迫自己去结交新的男人，频繁与各种相亲对象见面。但她始终没有那种爱的感受——这跟对方的长相、性格，甚至身份完全无关，她就是没法投入。就像一个人去游泳，身体怎么也没法扎到水下，而只能浮在水上。这很痛苦。离开两年后，某天清早，他突然给她打来电话，这让她有一种眩晕感，夹杂着紧张与恐惧，她尽力使自己表现得很平静，但这并不容易，她甚至感觉到自己话语里的颤栗。他开口第一句话像是在解释："没什么重要的事，我只是想问你，原来我有一个文件夹，记得存在台式电脑里。不知道你删除没有。"她说："没有，你要我传给你吗？"他马上说："不用不用。"然后他就匆匆挂了电话。几乎一整天她都在品味这道来电：他究竟是什么意思？为什么那么早打电话？听起来他好像不开心。这是他想复合的暗示吗？她心里乱糟糟的，突然又觉得很甜蜜。两年了，这是她为数不多的称得上开心的时刻。她知道，有了这通电话，接下来的事情应该就会明朗一些了。她捱了一天，终于忍不住加了他的微信，这次他很快就通过了。她来不及打招呼，翻找他的微信，有好几条显示他最近情绪不好，跟他的那个女朋友有关。重新联系之后，这种感觉很奇妙，既熟悉，又陌生。还有当初恋爱时没有的一种暧昧。他追问她这两年交往了多少男友，她本来想如实汇报：一个没成。可灵机一动，说"数不清了"。他马上回复一个嫉妒的表情。既然自己是这样一种女人，就应该"骚"一点。她笑着想，接下来的言语就自然放开了。有时是一句话，有时直接发几张刻意的自拍。那些半遮半掩的自拍让他感叹说，我都不记得你光着身子是什么样的了。他们在微信上撩拨了一个月，终于成功约了一次。那是克制很久之后的一次放纵，显然也是灵魂出窍的一次，因为翌日他就从女友那里离开——回到了她这里。

她停顿下来，再次点燃一支烟，双眼无神地望着窗外，外面的雨声小了一些，但仍然淅淅沥沥敲击着它所能抵达的任何一个平面。李东文一直没说话，他觉得无论从哪里起头，都是一种打断。她吐出烟圈，看着李东文时眼里有一种善意，似乎在感谢他的沉默。

仿佛是对失去时间的一种补偿，他们重新开始的热恋就像是用高压电水壶烧水，比之前升温更快，更为沸腾。他还准备戒烟——为了之后的求婚，以及随后的孩子。那天中午，她陪他去商场买了这支电子烟具。这成了他留给她的唯一的遗物。午饭后他急着赶回办公室处理一桩纠纷，在临近公司的街口将她放下。她挥手，目送他左拐，然后他的车猛然侧飞出去，轻飘飘的。一辆卡车直愣愣地冲过来——将他一头撞进了虚无。

“你知道吗，他出事的地方，就是我烧纸人的那个路口。”说完，她轻轻笑了。

“这不关你的事，”李东文说，“只是巧合。”

“对呀，就是这么巧，我才相信，报应是存在的。很多原来你不相信的东西，原来都是存在的。”

“你这是刻意折磨自己。”李东文联想到她频繁带来的男伴，大腿间的烟疤。但他实在不知道如何去劝慰一个女人。只是觉得有必要告诉她：“那并不是你的错，日子还长，你得走出来。”

“你不是我，你没法理解，”她说，“你不是我。”

李东文试图争辩什么，却不知如何表达。她在椅子上换了一个姿势，背对他，从桌子上拿起那个吊坠，重新挂回到脖子上——当它回到原处，她似乎就变回到那个冷漠的女人。

“你很好奇？”她察觉到李东文探究的眼神，“这是他——我定制了这个吊坠装着他的骨灰。”说完后，她望着窗外，“哎，你看，这场雨好像不准备停了呢”。

李东文将烫好的清酒倒进她的高脚杯里，这可以使她身体暖和一点。

“谢谢。”她说。

“不用，”李东文说，“你说我不理解，那是不对的。”

“唔？”

“刚刚我给你讲我妻子的事，但——我说得不完整，”他说，“我说她去世了，其实我并不清楚这是什么时候的事，又是怎么回事。”

她有些诧异，端着酒杯的手停滞在空中。

妻子是一个小学音乐教员，她喜爱和擅长乐器，这当然是李东文所熟悉的。但她还有一个爱好，是他根本不了解甚至不知何时开始的——写诗。后来他唯一能联想到的，就是疾病，生死等等这些问题使得妻子拿起了笔，而这是乐器所无法“倾诉”的。当然，还有一个原因，养病期间，妻子的生活环境变得极为清净与狭小。为了让妻子可以最大程度地“接触”社会，搬到乡村的第二年，他专门牵了一条网线到家。这条网线改变了她。她用一种他不了解的热情投入其中。他不知道发生了什么，有些惶惑，但结果却是好的——她的脸色好转，她吃东西有滋有味，她甚至开始有说有笑。只要她高兴就好，李东文想，快活的、高质量地度过余生，不管对她还是对每个人都是好消息。有时，很晚了她还在电脑前浏览或打字。他问她在做些什么，她总说在写诗，或跟朋友交流。“好呀。”他总是鼓励地回应道。实际上他觉得“诗”这种东西离自己太过遥远，他对诗的印象，就是以前在课堂里背诵的那些分行的句子。有一次，妻子突然向他提出，想要出去会见诗友。理所当然的，这没有得到他的支持。他的谨慎不无道理：每日的煎药、服药、经络疏导，甚至脆弱的身体经不得一点点风吹草动——但她并不需要有人陪同，当然也没人有空陪她。妻子起初有些愤愤然，但冷静下来也表示了理解。这事儿当然也就过去了。至少当时他就是这样想的。七个月后，妻子失踪了。断续找寻三个月之后，尽管公安部门仍旧将妻子定义为“失踪人口”，但他很确定的是，她已经“不在了”。只是他始终无法理解的是，她为什么选择以这种方式消失？连一句话都没留下。在痛苦里盘旋许久后，他终于把这个结果与之前那件事联系起来。可是，妻子离开前几乎删除了所有的文档，她每日在电脑前写的那些诗句犹如是一种乌有。他甚至从未见过它们。此刻他心里有一种强烈的撕裂感：妻子的“失踪”应衬的是自己的存在感——那几乎不存在的存在。

“真没想到。”她伸出手，握着他的手，冷冰冰地叠加一起。

他微微战栗着，想起妻子失踪后，自己疯狂地四处找寻她的踪迹，却毫无头绪的悲恸。

后来在妻子的电脑里，他还是查到了一些痕迹。历史记录显示她浏览过一些论坛，但没有更多——他甚至不知道她的网名。但是在回收箱里，他意外地发现了一个文档，里面有一首诗，不甚完整——也许是完整的，但他完全不解其意。他曾拿每一句在网上搜索比对，但没有任何相关信息。这说明，这也许是她遗留的最后的也是唯一的诗作。这也是他第一次读她的诗，标题是《夜宿古镇》，同时这也是诗的内容——她应该还是去会见了诗友？他使劲回忆，很有可能，在他某次出差期间，她独自出门，在某个古镇与某些（某个?）诗友相聚，她可能留宿了一两天，然后悄无声息地回来。可是，她去的是哪个古镇？跟谁在一起？这与她的失踪有关吗？或者，这全部来自她的想象。又或者，这首诗并不是她写的？一切都是迷，彻头彻尾的迷。可对他来说，这首诗是唯一的线索。他迫切需要一个结果——不管结果是什么的结果。为了得到一个结论，这些年来，他几乎把长江至嘉陵江流域的古镇都走遍了。每到一个古镇，他总会把眼前的景色与她的遗诗相对应地审视——“我喜欢这镇子，江水使它复活了”。有一段时间，尤其是刚开始那一年，他睡在陌生的古镇的某个房间，明明知道自己是完整的，却清晰地意识到，有一部分确确实实在他心里缺失了。“我受伤了吗？”另一个自己回答道，“是的，你受伤了。”

不知道是头部受伤，还是酒的原因——虽然他擅长调酒，但跟烟这玩意一样，他也不擅长喝下它们——李东文有点晕晕乎乎的，这是他头一次给别人讲这些事，这些明明存在却无法启齿的故事。就像一个人在夜里的古镇奔跑，那些路径虽然都是熟悉的，但仍然在某时某处冷不丁地绊倒你一下。讲完这些后他好像终于松了口气，又好像完全碎掉了一样，满地都是破碎的骸骨。

她站了起来，像刚刚曾做的那样，温柔地抱住这个忧伤的男人。将他的脸贴在自己的胸前。

一分钟后，他平静下来，拿她的烟抽了一口，这次，没呛到。

“你问我为什么留下来？其实是这样的——我并不知道自己要留在这里。习惯行走之后，行走就有了惯性。从来没有停留的念头。有一天，火车路过重庆，我记起曾经去过的这个古镇。下了车，回到这里，那时已经很晚了，古镇上的商铺都打烊了，没什么人，但店招和路灯还亮着，”他轻轻呼出烟雾，“跟今晚一样，突然就下雨了。那些雨丝很细，飘飘忽忽的，我走到横街的尽头时，到处都漆黑一片，唯有一个路灯孤立地竖在悬崖边，发着光，远远看去，那些发光的雨丝不断消逝又不停填充，看得久了，就像一个游弋的人的面孔。那些亮晶晶的雨丝在雾蒙蒙的光中舞蹈，跳跃，好像是等了我很久那样，在等我回家。这时我发现，就是这样的，我要找的就是这样的一个画面。那首诗的结尾，就是眼前我看见的这个场景。”

“她是怎么写的？”她被彻底吸引住了。

他站起来，走到窗前，外界在眼中茫茫沉沉的，世界在一团黢黑中，但它不是静止的。在蔼蔼的黑幕当中，那些雨滴带着反光，彼此追逐着，如同一种盲目的游戏。

他念出来。

“那些荒芜的雨滴，在夜里明亮极了。”

两个人住

“你在写什么啊？”

深夜十一点半左右，妻子的声音突然从耳畔传来，男人吓了一跳。“你没睡啊？”

她躺在床榻的另外一侧——台灯的光线范围之外。不像他，妻子的作息总是很规律，而且她总起得很早，大概要比他早一到两个小时。他以为她早就睡熟了，鼻息十分匀净，一如每晚那样。他则一直斜倚在靠枕上，手里拿着一本厚厚的《夫妇们》。虽然他很喜欢厄普代克，但它显然并不像“兔子三部曲”那么好读，在枕边放了半个月，还只翻到三十七页——事实上，这三十七页他也完全忘掉了，每次都是这样，想要接着往下看却发现忘了前面写了些什么，尤其那些冗长的美国名姓，总让他脑子打结。今晚也是。他拿着书，心里在想其他的事。对，其他的，很多。

丈夫翻了个面——她在暗处盯着他，用那种求索的眼神——把手里的书搁到一旁，说道：“一个故事。”

她把双手枕在头下。“就是想知道什么故事呢。”

他皱着眉头，略微思索了一秒，告诉她，是一个稍稍有点古怪的、在现实生活中没有的事。

“不是真实的吗?”她看来很感兴趣。

“不能这么说,”他解释道,“不能用‘真实’来衡量。没有一篇小说是完全真实的。要是真的,那就不能称为小说了。再说了,谁会对真的小说感兴趣?”

“这个我不懂,”妻子说,“你就不能说说你在写什么吗?”

“一句话说不清楚。”

“干吗非得只说一句?”

“你今天怎么回事?”

他觉得妻子今天有点不对付,不单单是她的语气,整个人都是。

“没怎么啊,就是想了解一下,”她说,“半个多月了,我看你很投入的样子,坐在书房里,对着电脑。”

“你是想提示我什么?”丈夫不免敏感起来。

“不,不,我不是那个意思,不是催你出去找工作,”她解释说,“我不是想干涉你,这半年你什么都不用干,你写你的。”

“那你是什么意思嘛?”丈夫的呼吸声稍微缓和了些。

“我就想知道你在写一个什么样的东西,”她挪动了一下上身,稍稍靠上了一点,声音有点干涩,“你没发现吗?”

“什么?”他有点迷糊。

“今天,我中午过后就回家了。”

“哦……”

他意识到自己忽略了这个事，这的确不大常见。

妻子深深地看了他两眼：“我离职了。”

他愣了一下，带着一些歉意，伸手碰了碰她的额头。

在他想要说点什么时，妻子不失时机地制止了丈夫。

“别问，”她说，“什么都别问。”随后打了个呵欠。

“睡吧。”丈夫轻轻拉了拉被子，反手摁了台灯钮，啪的，世界顿时陷入一种麻痹的黑暗里。

翌日，他像往常那样睡到自然醒。起床冲澡，漱口，接着是烧水，在此过程中，简单吃一点早餐（两片面包加一瓶酸奶）。水开之后，泡一大壶浓酽的花茶。家里存了一些好茶，岩茶、白茶、普洱，但他习惯了茉莉——经泡又廉价的香气贯穿了他整个的职业生涯。

启动电脑后，一整个上午他都将留在书房里——偶尔会走到阳台上站一站，抽支烟，舒展一下酸胀的眼睛。直到午睡起来，他才猛然意识到：妻子已经离职了。她仍像以往那样，早早就离家出去了，就像什么地方仍有个看不见的“单位”。

这天她比以往回家更晚。晚饭是他下厨弄的，清蒸鲈鱼是妻子爱吃的——作为对她的某种补偿和安慰。他早早开了一瓶二〇〇九年的长城干红，醒着。

晚上七点一刻，妻子总算回了家，可她说已经吃了。

“你在哪儿吃的？”他有点愠怒，就像排演了一天戏，结果到落幕也没被请上台。

“路边，”她说，“我一个人，饿了，就随便对付了。”

妻子有些歉意。“我应该电话说一声的，让你等这么久。”

“你不是从不吃路边摊的吗？！”

丈夫想起很早前自己偷偷满足孩子的食欲后她怒发冲冠的形象，现在孩子终于拥有了享用垃圾食品的权利，她读高一，在一所寄宿学校。

“凡事总有第一次吧，”妻子俯身看了一眼他的作品，“嗯，像模像样的。”

“你在哪儿跑了一整天？”

“就是瞎逛。”

“那就行，好好玩玩，或者，也可以出去旅行什么的。毕竟，往后的话，工作的时间还有很久，但这种假期就不多了，”他颇为大度地安慰道，“工作没了就没了，玩够了再说。”

“我知道，”她轻拍丈夫的肩头，“赶紧吃吧，菜都凉透了。”

妻子仍然早出晚归，似乎一种无形的东西将她格式化了。问她去哪儿了，干吗去了，她也不说，只说四处转转，顺便见一些朋友。倒也能够理解，平日里总是两点一线，单调枯燥，既然赋闲，趁机与旧交好友聚一聚，放松一下也好，以免情绪堆积。只是，也很少见她有什么过从甚密的好友。

偶尔他说，没事就好好在家待着吧。可她说，跟你都待在家里？大眼对小眼？再说，我在家里走来走去，能不影响你？他也就不劝了，任由她去。

焦灼了好一阵，这个拧着劲儿写的故事终于找到了一个似乎更为合适的方式，就像水龙头打开，流泻得很舒服。晚上，他特意给自己加了个餐，将剩下的红酒喝完了，带着一股晕乎劲上了床。

妻子觉察到了丈夫的这种自足感，放下手机，问道："你的小说写得怎么样了？"

"还好。"

"就要写完了吗？"

"快了。"

其实他才刚刚写了个开头。他总共写了七个开头，都不理想，一直刨不下去，多写一个字都觉得虚假——虽然小说的本质都是虚假。现在，他终于找到了一个可称满意的路径。

"写完之后？"

"再写新的啊。"

"就这么写下去？"

"也不一定，"他解释道，"总之，就是想试试能不能写个像样的东西……"

"哦，"妻子若有所思，"我这里也有一个故事。"

“说来听听？”他漫漶地回应。

“我的一个客户。女的，三十五岁……”

“等会——”他打断道，“你的客户？”

“嗯，我找了一个新工作。”

“干吗那么急？”他说。

她没理会这句废话，继续说道：“做房屋中介。”

“可你原来也没做过呀，”李东文有点讶异，尽管对这个职业毫无了解，但他觉得这与她相距遥远。

“你原来也没写过小说啊。”

这句话让丈夫闭嘴了。

“她跟老公的关系很奇怪，她独自带五岁的孩子，老公在广东，”妻子讲述时带着一种惘然的表情，“我是说，七年了，她从没跟老公真正地生活在一起，除了春节。她可以接受两个人不在一起的现实，但又要求他每天给她打一次电话，或视频。关键是，我想不通，她的工资不高，生活品质也不怎么样，每个月主要靠老公打生活费，生活才能过得下去。”

她望着丈夫。“你觉得，这个故事有意思不？”

“是个好故事。”他说。

“哦，好在哪里？”她追问。

“这么说吧，在一个故事里还包含有另一个或以上故事，就是好的故事，”随后他解释道，“这是一个小说家说的。”

“那你说说，这个女的到底是怎么想的？”妻子有点好奇。

“可能，这种状况符合他们双方各自的需求，”他试图分析出其中的脉络，“她要的是婚姻的契约，而不是婚姻的生活；而他接受这种婚内的自由——所以他甘愿用付款的方式购买。同时，将孩子放在自己身边，实际上是她的一种控制的方式，包括每天通话什么的，也是。他们的关系你看起来以为是脆弱的，其实不然，就像天平——怎么讲呢，他们平衡得很呐，孩子就是那个秤砣。”

“太可悲了。”妻子低声道。

沉默一会儿，她又说：“给我讲讲吧，你在写什么？”

他敷衍说：“你不一定能够理解。”

“你不说，怎么断定我不能理解呢？”

“那好吧，”他在脑子里迅速地整理了一番，“不过我先提醒你，这不一定是让人感到舒服的故事。”

这个故事是这样的。

有天，我发现自己被跟踪了——不是人，是一条狗。但是，也不能完全说那是一条狗，只能说，那个怪物类似狗的形状。那时我在报社做时政编辑。但我是什么时候开始注意到它的呢？连我自己也不记得了。总之，每天上下班，我必须经过较场口的地铁口。那个怪物，天天在出站口附近梭巡，于是我就慢慢熟悉它了。至于它的形象，丑陋而且苍老，毛发很短，一部分是褐色的，但背脊上灰白了一片，而它的颈部，毛发则是枯黄色的。每次经过它时，它用那种孤单的空洞瞪着我。它仅有一只眼珠。另一边瞎掉的眼眶因为干涸而凹陷得很深，看起来有点可怖。其实在解放碑这样繁华时尚的街区，流浪狗并不少，流浪汉和乞者就更多了。但偏偏我就记住了它的样子。事情都是这样的，有些东西只要你“认识”一次，以后就很容易辨认了。总之，我经常在地铁口、丁字路口，凯旋门电梯那儿遇到它。再往后，我发现它总是喜欢尾随我，就好像跟着我能得到什么吃的东西。当然，从来没有，我也没把它当回事。可是，有一次，它跟着我进了报业大楼，这就有点过分了。更过分的是，它还跟着我进了电梯——这栋大厦的电梯，是安排有专人值守的，一个驼背老头，看起来怪模怪样，但比哪个都文艺，喜欢音乐，不是那种流行乐，是真正的发烧友，他兜里放的音乐你想都想不到，什么穆特的《卡门幻想曲》、巴赫的交响乐、闵慧芬的《江河水》之类。下工后，他还在宿舍里听黑胶唱片。别看他就是一个值电梯的，还是驼背老头儿，别小看了他，这栋楼里，几百上千个报社职工，那些记者编辑，以为自己多了不得，其实锤子！跟驼背没法比——他可是正式工，是有编制的。那王五王六的小记者，有几个是在编的？照我说都是新闻民工！听说，这栋楼里他是老大，隐形的那种，好多事情——你看不到的那些——都是他说了算。长相姣好点的女保洁，他随便挑。哦，扯远了。我是说，当那条狗——那时我以为它是一条平常的狗——进到电梯，我很气愤的是驼背老头竟视而不见。这让我很窝火。平常它总是跟在我后面，但在狭小的空间里我才发现，它身上有一种味道，一种从肺腑里散发的气味，浓郁，但不能简单地称为臭味，就像是一种食物被烧糊之后又在露天里弃置了很久的那种味儿，让人作呕。但驼背老头居然完全没有反应，沉浸在他耳塞里的那个音乐世界里。这让我气着了。可很快我就知道，不是老头的问题。事实上对它感到憎恶的只有我。我发现，它跟着我出电梯，又跟着我进了编辑中心，卧在地板上，但全部的人——包括在它身边走来走去的人——都无法看到它。它是不存在的，对其他人来说。也就是说，除了我，其他人都无法看到它。这非常奇怪，很荒唐。但事实就是这样，我也没有办法。只有无视它，刻意忽略它。而它呢，也不像是想要攻击我或是什么。问题是，在这种情况下——我明明清楚它在我旁边又唯有我一个人能够看见它——我根本没法全神贯注工作。第二天，我工作时，它又来了，甚至不晓得它是怎么进来的——门禁对它毫无作用。第三天还是这样。我用在电工房找来的一根铁条，恐吓它，驱赶它。它一点也不慌张——就像知道我不会真的击打它一样——往后退了几步，不紧不慢地。看到它毫不忌惮，我愤怒地挥舞铁条，它这才夹着尾巴离开了。当我回到编辑中心时，所有同事都错愕地看着我——以为我疯了。但我怎么说？我怎么解释？之后几天，它没再出现。可是我出了状况。我负责的报纸二版发生了一个难以容忍的错误：一位新上任的市主要领导的名字——其中一个字——写错了。可昨晚清样时并没有这个错误，我发誓。我努力向值班老总解释，不知道是哪个环节出了问题，但肯定不是我的问题。主任展示了我的版样，在我修改过的名字下面，又出现了一行编辑符号△。这意味着，是我自己恢复了被修改的部分。就在领导训斥时，不知何时它来到了总编室，卧在一侧的长沙发上，唯一的那只眼弯曲着，仿佛在嘲笑我。我抓起办公桌上的玻璃烟缸，冲它砸去。它挨了一下，尖叫一声，嗖地蹿出办公室。我跟着赶出去，在走廊上，一群同事从后面将我扑倒，摁在地上，我听到耳边有人急促地说："我就说，你们还不信，他疯了！"

"后来呢？"妻子很感兴趣的样子。

他摊了摊手。"我就写到这里了。"

"只是没写而已，"她说，"但你知道故事是怎么发展的。你知道的吧？"

丈夫犹豫了一瞬，点点头。"那我当然是清楚的。"

"那你给说一下呗，"她期待地望着他，"说个大概就行。"

"那好吧，"他略微有些满足，因为自己的设计，"我是准备这样写——那个'我'呢，被送到精神疾病检测中心，但没测出什么明显的问题，可是单位不可能再继续聘用他了，毕竟犯了严重的过错。呃，我就只能这样囫囵说一说啊。"

"对，快说说，不然我可睡不着了。"妻子催促道。

“离开报社，他换了个行业，改做地产品牌营销，毕竟媒体出来的，有行业资源，对于策划得心应手，做得风生水起。可他得意的时候，它又出现了——总在他别墅周围徘徊，又跟着他出门——他到哪儿都摆脱不了。这是没法容忍的。他掖了一把砍刀，某天，它在尾随时，他冲过去一阵乱砍，当街把它砍死。然后，他被扭送到派出所，之后又被送到精神病院强制关了一个月。但他挺高兴，毕竟，他终于摆脱了那个怪物……”

“就这样？”隔了有一会儿，她打破沉默说道。

“这只是口述，具体写作肯定不一样。你不了解，构思跟实际写的东西总是有差异的，不可能想到什么就是什么，写作不是复印。但——大体上，思路是这样。”

“你坐在家里几个月，就为写这么一个东西？”

他发现，妻子的脸庞猛然有些变形，带着某种惘然与不可思议交织的神情，于是反问道：

“有什么问题吗？”

“它的意义在哪儿？”

“……不是什么都要追求意义的。”

“没有意义的故事，有价值吗？”

丈夫愣了一下，负气地说：“关于这点，我们没有沟通的必要。”

妻子想了想，又问：“你真遇见那条狗了吗？”

“我说了，小说不是真实的。”

妻子斩钉截铁地说：“这是真的！”

他有点哭笑不得。

“首先，你写的这条狗，”妻子说，“你曾经跟我提到过，你小时捡过一条狗，也是独眼。它在你家没几天，就被你们杀了，炖了来吃，你说吃到一股腥臭味，哦，还有它的皮，扒了后挂在你们家后院，都是你说的，还记得不？”

丈夫默然不语。

“你在报社工作也是真的，这你不能否认吧？当然，你被辞退是三个月前的事……”

“不是辞退，是报社垮掉了。”他强烈地更正。

“好吧，你离职是因为大环境。但我想，故事里应该还有女主角吧，或者还有感情戏什么的，你是故意隐去不说？”

“你不明白，这是超现实，”他试着尽量和气地解释这件事，“也就说，不是现实的。再说，我又不是写爱情小说，要什么女主角？”

“我确实不明白，”她说，“我在想，那条狗，为什么偏偏要跟踪你？为什么别人就看不见它呢？”

他委实有点沮丧，还有些委屈，叹道：“我早说了，你不会理解的。”

“不，我想我能理解，但需要一点时间，”妻子渐渐平静下来，“如果这就是你说的故事——我会理解的。”

星期五这天，他将手机锁在卧室，把自己禁闭在书房里——他急于给小说结尾。至于成不成的尚在其次，首要是先得结个尾。这是他这两三个月得到的一点重要经验。昨天，散伙的老同事约了周末在歌乐山的农家乐聚会。之前他已经推了两次——他不喜欢大伙儿在那集体哀怨的虚无感，虽说他也一样怀旧——再不参与的话，就真如他们说的“自绝于人民”了。可他很怕两天后回来，那股刚刚上来的劲头儿散了，干脆趁势给故事强行“结扎”。不得不说，这个举措还是有效果。虽然还是没有写完，但感觉是对了。当他储存完文档，抬起头，才意识到外面下起了大雨，天也黑了。

他给妻子打电话，但一直是忙音。

在厨房忙乎的时候，他听到动静，拐出来，看到妻子在玄关换鞋。

“你电话是怎么回事？”

“我不知道啊。”妻子说。

“一直打不通。那你吃了没？”

妻子示意，让他赶紧回厨房，水溢出来了。

洗碗的时候，他突然想起，妻子没被淋湿，而她也没带伞。神了。他把灶台擦拭完毕出来，看到妻子呆呆地坐在沙发上，没开电视，也没去洗澡。

“怎么了这是？”他忍不住还是问道。

“没什么。”

但是，隔了一会儿她还是说了。

大概十天前，妻子在网上接了一单代理业务，受托给一位在国外出差的客户购房，就是离他们这不远的小区，一套二手小户，四十平，但有个超大的阳台，临湖。该房源不属于任何中介公司，她按客户提供的信息联络了业主，见面谈得也较顺利，两天后，与对方确定了协议。昨天，那个客户回国了，今天她陪同去了现场。签完合同，她问这位客户，买房是作为投资还是别的什么？他一直摇头，说这个房不会卖，也不会出租，偶尔有时间他会来住上几天。说完后，他在房间里四处打量，摸这摸那，感觉上，他对这里是极为熟悉的。她愈发好奇了。最后他说，这间房对他有特殊的含义，就像一座情感的遗址。去年，他来山城旅游，很偶然地，在洪崖洞结识了一个陪外地朋友游览的女人。他们特别投缘，完全是一见钟情。他提出，要不你给我做个向导？第二天一早，女人居然真的给他打了电话，就在他酒店大堂里。那真是愉快的一天，当晚她留在他的酒店房间。这样一来，原本他计划的三天假期实在太不够用了。去他的三天！他告诉她，他还要在这里待上至少六天，直到更加深刻地了解这个城市，当然，也包括她。为此，他们需要一个住处，但他不愿在宾馆，单调；也不想去民宿——让人打扰和冲淡自己的快乐。最后她为他——也为自己——选了这个短租民居，虽然不在景区，但在人间烟火之中。况且，去到哪里都很便利，出门有四趟公交，步行一千米有地铁站。老实说，那个宽阔的阳台是他们待得最久的地方，仅次于卧室。跟很多情爱故事一样，最后那晚——似乎即将到来的离别总是容易带来剧烈的转折——争执发生了，并且无可挽回。她跟他一样倔强，绝不让步。半夜，他突然发现客厅空着，不知何时她负气而去。之后，他发现她的电话也拨不通了。就像一缕空气，她就那么轻易地消失在一座拥有三千多万人的城市里。他甚至不知道她究竟是哪里的人。她说她是重庆区县的，但不知道具体哪里。总之，后来他痛恨于自己的个性，还有大意。他也始终无法忘记那几天的感受与细节。煎熬一年后，他扔下原有的公司，把自个搬迁到了重庆。时不时地，他会驱车来到这里，在小区曾经游玩、散步的花园里坐一坐，幻想有天她也会回到这里。有天，他在小区门外发现一张自制的出售信息，就是那间房。为什么不干脆把它买下呢，兴许她哪天就回来了呢？偶尔来住几天似乎也不错啊。可第二天他要出一趟远差，太远了，在新西兰。于是他搜索了一下附近的中介——也就是妻子，将这个事情委托给了她。——故事就此结束了，哦不，还没。离开前，客户给了她一把钥匙，说由于自己经常出差，所以希望她能帮忙照看一下。比如代办缴费等。他解释说，不是无偿的，会支付一定费用。

“不知怎么的，”妻子说，“我居然接了。”

“这……”他脱口而出，“挺好一故事啊！”

“真的吗？”她的视线转到他脸上，停留了一瞬，然后离开沙发，径直往卫生间去了。

按计划，他早该结束那个故事，写下一个小说了。可几天过去，他发现自己被妻子讲述的那个故事缠绕着。像中邪了一样，他总是动不动就想到那个人——他是一个什么样的人？他有家吗？那晚上究竟发生了什么，两人何以如此激烈而不可收场？好几次，他坐在阳台上，似乎能看见那个人站在湖边，像一只悲伤的鸬鹚，目光空空地望着远处。

这天晚餐时，他先是问了问妻子最近的工作情况。当然，也问不到什么实质性的东西。历来如此。于是，他就很自然地——其实是很刻意地——提到了这个人。根据妻子的描述，他是南方人，从事类似投资管理的工作，大约三十五岁，背一个黑色双肩包。大约一米七六的样子，平头，细眼，比较清瘦，但并没多少书生气。从侧面看，稍稍还有点佝偻。他也不怎么爱说话，吐字也很缓慢，但在讲述自己的故事时，他比较激动，甚至还有点急促，神经质，妻子注意到一个细节，叙述时他的手指头微微颤抖。不过，她否认有什么重要的内容被自己遗漏了，“你问的这些我都问了，但他不说。”妻子指的是，那个人讲了很多，回忆了很多他们的欢爱、甜蜜，但拒不透露为什么起了争执。

“你也对这个事感兴趣？”妻子问道。

“我觉得挺有意思。”他如实说。

“一个故事里有两个故事？”

“不是，”他解释道，“这个故事里有很大的空白。”

“如果你觉得对你有用——”妻子迟疑一秒，说道，“我帮你打听打听？”

“还是算了。”他摇头。由自己来填补那个空白，这不正是他的工作吗。

“事实上，”她突然扭捏起来，“我又去过那里。”

“哪里？”虽然知道她的意思，但他仍多余问了一句。

无论什么时候，也许都不应低估女人的好奇心。今天下午，妻子完成了一次带客，忽然就毫无来由地涌出了一个念头，然后她就在随身的挎包里摸到了那把钥匙。她穿庭入院，轻车熟路地回到那里。但在门口，她又犹豫了。原本她都往电梯口回走了，但电梯门轰然洞开，两个人径直走出来，她下意识地转头，重新回到门口，许是急中生智，她拿手轻轻敲了几下房门，里面毫无回应。那两个人从她身边走过时，她取出钥匙，打开门，赶紧将自己关在了房子里。

“咦，”丈夫仿佛身临其境，甚至开始幻想，“我觉得那个房子一定有什么蹊跷。”

“为什么这么想？”妻子奇怪地看着他。

“就是直觉，”他低声道，“你想想，他为什么非要拿到这个房子，而且请你来代理。”

“他是怕被别人拿了，最近二手房很火。”

“我感觉他说的那个故事，那个女人，也许子虚乌有。”

“呃？”

“我听说，有些内部人士往往有特殊渠道，比别人提前得到一些拆迁的信息……”

“那绝对不可能，”妻子说，“那个小区才建七年，这事不存在。”

“或者，他确实在那住过，”他继续推测，“在里面放了什么东西，见不得光，也不能让别人发现？只有买下来。”

妻子也并不否认。“前几天我看新闻，一个租户一年没出现，房东将门撬开，房间衣柜、床下，全是钱，整整四千万现金。”

“对，我也看了报道，关键是，那个租户就此神秘失踪了，再也没有找到。”

她冷笑起来：“要真是这样，他会给我一把钥匙？”

“哦，对，”他想了想，仍不甘心，“你进去了，也没翻一翻抽屉什么？”

“没有没有！”妻子摆摆手，“就在门后喘口气我就赶紧走了。实在是太心虚了，心跳得厉害，像做贼一样——长这么大，这是我第一次未经允许就进到陌生人的房子里。”

“下次你再去，兴许可以发现点什么。”

“不行不行，”她说，“我太怕了。”

“你又不是小偷，”丈夫正色道，“再说，他不是也拜托你替他照看一下房子吗？”

她捂着心口，一脸痛苦：“不行，不去了。”

可两天后她又去了。

进入一个陌生人的私密空间，竟如此具有诱惑性——甚至你并不确信那吸引你的东西究竟是什么，从何而来。总之，那天，她不由自主地走到那个小区，没多少犹豫，乘电梯上楼——那个房子在十三层——像一个主人回家那样，将钥匙伸进了门孔里。

这是她第一次认真地观察和审视这间房子，从玄关到客厅，再延伸到露台；跟着，她回到户内，经走廊去到卧室——将原本的一个十平方米左右的书房墙壁拆掉，形成了一个宽阔的居室。一张一米八的床榻靠着墙壁，上方是一幅八平尺的油画《湖中裸女》，床的一侧是嵌入式的衣柜，白色，卧室里全部家具都是白色涂釉，另一侧是白色的大理石窗台，约有一米五左右，放着草垫，小型茶几，以及一个木质书架，她在里面抽出一本《挪威的森林》，翻了翻，但没有字条什么的掉下来。她将书插回去，走到梳妆台，但没有属于女人的那些护理器具，一样也没有，两个陶罐花瓶，干花上覆了一层浅浅的灰尘。她在卧室走的时候，上方也有一个人同时在走，她做什么，那个人就做什么——在天花板的中央，镶嵌了一面正方形的镜面。随后，她缓缓躺在床上，看着对面的那个自己。

她觉得舒服极了。

甚至于，“舒服”这个词并不十分合适，但她也找不到其他更确切的词汇来界定这个感受。因为她还在那里洗了一个澡，然后光光地躺回到床上，有那么一瞬间，她觉得是另外一个人，比如那个失踪的女人。

当然，所有这些不可思议的举动她都向丈夫坦白了。

他问：“你在那里睡了两个小时？”

“是啊。”

“你还在别人的浴室里洗澡？”

“对啊。”

“你光着身子睡在别人的床上？”

对这个问题，她没回答。但她的表情是愉悦的，好像还沉浸在什么场景之中，那陌生的空间一定存有什么延绵的魔力。

“为什么呢？”他难以理解。

“我也不知道，但是，”她带着一种幻想的神态，“很奇怪。”

“哪里奇怪？”

“说不上来，但我在那里，觉得很隐蔽，还有就是——”她思索着什么，“一种自由，然后欲望就很高涨，很奇怪。”

这是她第二次使用“奇怪”，而“欲望”这个词让他有点难堪了。

她注意到了，那种愉悦就像被什么突然抽走，包括她的语气也是，松松瘪瘪的，“睡吧”。

这冷冰冰的“睡吧”，包括她讲的在别人床上的那种迷离的场景，让他生气了。但最让他觉得不可理喻的是，妻子竟然只注意别人房子里夸饰的表面，而并无一丝一毫的好奇心，比如那些有可能发生什么的地方。

“卫生间、厨房，你都没看看?”他很沮丧，“还有走廊尽头的那个嵌入式书柜，你肯定连抽屉都没打开。”

妻子沉默着，好像彻底陷进了另一侧的黑暗中。

两天后，妻子带回一样东西。确切地说，是两束干花，紫色的。

在妻子的讲述中它们出现过，黯淡，但看不到明显的灰尘。也许是她处理过了。她告诉他，这是她从那个人的房子里拿回来的。随后，她将它们插进两个空置的窄口陶皿，放在客厅陈列架上。

之后，妻子拿回家一本小说集，《神的孩子会跳舞》。她不在家时，他偷偷翻看了一下，没有发现里面夹杂什么纸片之类的东西，除了书页内有一处小小的折叠，也许，仅仅是他（抑或妻子）刚好看到此处了，或者只是一个无意识的标识，因为这一页翻过，就是另一篇故事了。不过，他在这页里还是发现了一段有意思的话，故事里一个男人在谈论北极熊：“它们一年只交配一次，知道吗，一年仅仅一次。夫妇那样的关系，在它们的世界里是不存在的。冰封雪冻的大地上，一只公熊同一只母熊不期而遇，在那里交配。交配时间不长。交配一完，公熊就像害怕什么似的，慌忙从母熊身上跳下，跑着逃离交配现场——那可真叫一溜烟，头也不回地逃开。往下一年时间，他就在深深的孤独中度过。根本不存在所谓相互交流那样的东西，也没有新的沟通……”他将这本书小心地放回床头柜里。

之后她带回家的还有一些奇怪的物件，比如几根细长的发丝，用餐巾纸包着；一盒娇子烟，女士烟，白滤嘴，还剩九支。这不是妻子的，她不抽烟。

又隔了几天，妻子的床头柜里多了一张名片，很莫名其妙，他反复查看，不知她收藏这样一件东西出于何种目的。

渝州立高工程有限公司

专业维修：屋顶，金属屋面，外墙，飘窗阳台，厨房，卫生间，女儿墙，车库，地下室，空调井

他联想到一件事，有天妻子提到——她在那个房间能听到一种奇怪的声响，在墙壁后面。

“什么样的声音？”他记得自己听到这个说法就来了劲头。

“反正不是表，表是滴答滴答的，但那个不是。偶尔就响了，听得到，但又隔得很远，”她沉思道，“像是一种手机的什

么铃声。”

“你应该检查一下，”他提示，“仔细查看发出声响的区域，看看周围墙壁是不是空心的。”

她点点头。但后来她没再提及此事。

这晚他失眠了，主要是，当他把墙壁后的声音与那张名片联系起来——无形中就产生了一种很大的空间，而且弹性十足。以往他的睡眠质量不高，常常失眠，但像这种失眠到凌晨三四点的状况也是很少有过的。他在想，那堵墙的背后，什么样的可能都存在，因而他的脑子格外兴奋。最终他在一种复杂的情绪里睡着了。

第二天上午，他照例坐在电脑前，但不甚平静。抽完两支烟后，灵感忽然找到了他。他打开小说文档，重新修改了结尾——

我万万没想到的是，那个怪物并没死掉。它又出现了。只不过，事情起了变化，现在反过来了，表面上它仍在尾随我，实质上，我也开始跟踪它——要知道，我失去了工作，甚至失去了别的机会。在“当街杀狗”（都市报是这么形容的）之后，我被小动物保护协会的那帮人盯上了，我的一切都被翻了个底朝天。我是说，我的邮箱，社交账号，甚至我的电脑，一夜之间全被攻陷了。某天清晨，我发现我的房子被涂成了鲜红色，在一丛绿色的灌木之间，既魔幻又惊悚。之后，妻子离开了我，我跟所有人都断绝了来往。现在开始，我满脑子里只有一件事，非得完整地、彻底地杀掉它不可——虽然它似乎根本杀不死。可比杀不死它更糟糕的是，我在很多次反跟踪后发现，这个家伙并不只有狗的形象，它还可以幻化成人形。好在，慢慢我也摸透了，不管怎么变，它的气味是祛除不掉的。跟着那个气味走就行，找到那个，就找到了它。说起来也有意思，当我起了这个心之后，那个怪物反而开始躲着我了。我追踪了好久，终于，有一天，把它给圈定了。一个四五十岁模样的看起来很卑微的家伙，我闻到味道就晓得是它，绝对是。现在我有一个优势，它知道我，但它不知道我可以辨认出它。我很轻易就诱使那个家伙跟我来到一个铁皮屋——是我精心布置的——我关上门就捅，捅了很多刀，不一会儿，那条狗从那具残破的躯壳里逃了出来，但它受了伤——也没有任何出口——只能蜷在地上的血泊里抽搐。我用准备好的汽油淋在它身上，点燃打火机，砰，它在火光中就像透明的事物。听着它的哀号，它的血在烈焰中迸溅，有几滴燃烧的血点溅到了我脸上，但我毫无痛感，因此时我充满了亢奋。第二天，醒来时我突然在房间闻到了它的味道，我找了好久，最后，我发现那个味道不在床上，不在镜子里，也不是它又重新回来了，而就在我身上——我成为了它，或者说，它成为了我的一部分。

……

这次，他的写作出乎意料地顺利。结束这篇小说后，他疲倦极了，胡乱吃了几块面包就和衣午睡。睡眠时间比之前更久。不知是不是放松的原因，他做了一个十分羞耻的梦——他梦见自己尾随妻子，跟踪到那个房间，然后穿墙而入，看到妻子赤裸地躺在一张宽大柔软的床榻上，面部因亢奋而有些变形，冲着天花板的镜子，嗓子发出嘶吼声，一个男人——具体地说，一个瘦高的三十五岁左右的男子，佝偻着背脊，趴在她的身上，粗暴地活动。他注视着他们——很快，他一泄如注，瘫倒到她的一侧。就在那个男人转头正要与他目光相交的那一瞬，一种犹如高压水枪击打而来的恐惧突然而至，他战栗地逃走，随后就醒了——发现自己裆部湿乎乎的。四十多年来这几乎是第二次，第一次这样的经历还要追溯到九岁那年。

因为这个梦，整个下午他有点不知身在何处的昏沉。

在这种蒙昧中他接到过两个电话。

一个是联通公司的，问询他是否需要调整资费，该女士好心地解释，“因为您的通话频率很低”，她建议使用新出的一种套餐。

另一个陌生电话来自地产中介，对方很亲切地询问他在某处的某套房子是否需要代理出售。他木然地听完，反问，你是从哪得知我的号码的？中介支支吾吾，但他不知怎的怒了。“我压根就没有那个房子！”

慢慢平静后，他为自己刚才的失态有些抱疚。突然，他想到了妻子，她不是也干了中介？记得她提到过，她上班的地方离家不远，宝石路街边——过了宝圣立交就是。

下午四点半，他换了衣服，穿上鞋，出了小区。到宝石路只需四站路。下公交，再步行几分钟，他就看到了“心友房屋中介”的招牌，夹杂在一间小面馆和打印店之间。一位四十多岁的女士，应该是店长——她也在妻子有限的叙述里出现过——热情地接待了他。但他丝毫没有想到的是，这儿压根就没有她这么一个员工。在确定妻子的名字不存在之后，他极为不甘地、结结巴巴地描述了妻子的形象，身高，年龄，包括她每天背出门的那个深色蔻驰挎包。但那位店长始终带着遗憾的表情，冲他摆头。“没有，真没有这样一个员工。”

他在中介所的长条沙发上坐着，有点茫然，也有点懵，就像突然踏空堕入某个深井一样，眼前一切明明是清晰的——完全符合妻子的描述；但又是虚空的，查无此人。

这时一个穿着职业装的女孩从外面走进来，两个女人开始交头接耳。就在他准备乘车离开时，那位刚刚回来的年轻女孩在背后叫住了他，“等等，”她手上拿着一个小册子，“您刚刚是说这位女士吗？”

他看到上面记载了妻子的姓名。

“两个月前，她在我手上租了一间公寓。”

“公寓？”他深深地吃了一惊。

“是。”她说道。

“她租公寓来干吗？”他问。

“当然是住啊。也许——”她回复道，“用来办公吧。哦，对，她好像说需要一个办公室。”

“办公室？”他很迷惑，“用来干吗？”

“那就不清楚了。”她摊了摊手。

“那么，”他问了最后一个问题，“请问她租赁的公寓在哪里？”

这位置业顾问的回答让他吓了一跳。

离开中介所之后，他没有乘车，沿着街道步行，大约三十分钟就回到了小区——这么说很奇怪，但妻子租的那个公寓，就在他们自己的小区。确切地说，是小区的第一组团，也就是A区。而他们的房子在第六组团，与A区一首一尾。值得一说的是，这个小区很大，是这片新区最大型的住宅小区——偶尔散步时，他觉得这个小区的繁复程度不亚于一座城镇。

他很少去A区，但他知道那边刚刚开通了地铁站。A区是整个小区的起点，也是终点，挨着一片湖泊。他不知道那个湖泊的名字，但他给它起了一个名字，瓦片湖。远远看起来它像是一块斑驳的瓦片。

妻子租住的公寓是临湖的。他绕过小区外墙，沿着湖畔一直走，发现了一座石塔，那是妻子在故事里讲到的，然后他看到了一座桥，也是故事里提到过的。走近石桥时，他有点疲累，坐在一块景观岩石上，微微喘气。顺着桥头看过去，对面一壁是层层叠叠的阳台。他仰望了一小会儿，搜索着大致的方位和高度，但他还没确定好那个目标，天就黑了。

天黑得很快啊。

找狗的人

下面这个故事我完全不确定它究竟有没有意义。但如果不说出来，我觉得更没有意义。总之，是那种不说不行的心情。那是去年初秋。我从拥塞的市中区迁到了北部新区，乔迁理应是一件愉快的事，但如你男友常将你一个人扔在空旷的房子里——尤其是，你对这个陌生环境还有待适应与熟悉——难免就会有些火气。兼之，眼看就要国庆了，而这个长假的目的地——因为他的原因迟迟无法确定。深夜十一点左右，我又跟他在电话里吵架了。我们吵得很厉害，要不是因为听到辣妹呕吐，那场战争还要持续。

我循声走进次卧，辣妹不知何时离开了那堆酣睡的小狗崽，窝边有几摊稀白的秽物，它侧躺在地板上，四肢抽搐。我马上求助一位附近的朋友，可她的狗一般都是去嘉陵江南岸的一间诊所，离这里远得可怕——辣妹可承受不了那么久。眼下它呼吸急促，瞳孔发白。不行！得赶紧就医。我抱起了辣妹，盲目地冲进外界的黑暗。

在街边我站了大概一刻钟，或许没那么久，只是等待让人有些绝望。这一片有点冷僻，这个时候很难有出租车经过，其间有一辆显示载客的出租车短暂犹豫了半秒，当看见我怀里抽搐的辣妹，噌地溜了。我不得不走到更远一些的立交桥下——站上街中心的绿化隔离带——似乎那样离希望会近一些。远远地，有一簇车灯往这边晃过来。我高高挥起手，随后又失望地放下，不是出租。那辆黑色的轿车放慢速度，驶过我身旁，在离我大概十多米的地方，停住了。一个平头儿从车窗伸出来。

我陡然看到了一线希望，小跑过去，问能不能带一下？

"怎么，"他看着我怀里的辣妹，"狗狗生病了吗？"

我使劲点头。借着车灯光，我看到他非常年轻，也就二十三四岁的样子，模样还算清秀，但透着一股颓劲。有平头的原因，也可能是嬉皮的着装——在他胸前，那件青色立领夹克上绣着一朵硕大的红花。

"那，"他犹豫了那么一瞬，吊在车外的手臂摆动了一下，"上车吧。"

往这条单行道向前走了二十米左右，他问怎么走。我抱歉地告诉他，才搬到这边，并不知道这附近哪儿有宠物医院。"哦，"他拿手指敲了敲方向盘，思索了半秒，"前边十几公里的一碗水转盘附近，那里应该有，之前我找取款机时好像看见过。""太好了！"我激动得有点语无伦次。

"它是怎么了？"

他从一条三岔口下道，回头问我。

"有可能是产后缺钙，"我说，"它刚生了一窝狗崽，半个多月吧。”

他从车内后视镜里打量了一眼，“这条博美，是第一次生产吗？”

“不知道。”我说。

“嗯？”

“它是我男朋友从街上捡的——”我解释道，“我们才养了两个多月，也没什么经验。”

这是实话，如果我经验再多那么一点点，也不至于让辣妹怀上了。

“捡回来的？”他又从后视镜里觑了一眼。

“是的，不知道这么晚，宠物医院还开着不？”

我有点焦躁。辣妹在我怀里时不时地痉挛着，呼吸越来越急促。

“别慌，”他说，“记得是有的。”

约一刻钟后，他绕过一个大转盘，将车停泊在街边，看着一侧黑咕隆咚的巷子。“就是这儿。”

抱着辣妹下车前，我试图给这个男孩一点酬谢，但他坚拒不受，也没离开的意思——拉动手刹，将车熄了火，说道：“你找不到地方，我带你去。”

他在巷子里辨认着，找到了那个门店，敲了约半分钟，里面粗鲁地回应道：“哪个？”

“狗狗生病了！”我答道。

卷闸门霍然拉起来，一个冒着点酒气的老头儿瞪着我们，借助灯光可以看清这个杂乱的作坊一样的地方，到处堆着杂物，根本不像是正规的宠物医院，可还能怎么办呢？我简短地介绍了一下情况，老头板开辣妹的眼皮瞧了瞧，说要输水。老头去找注射器时，我再次向这位男孩道谢，请他不必耽搁时间了。他摆摆手说，没事儿，不用管我。

老头儿让我按着辣妹，给它输液——可是在注射时遇到了问题，他几乎每次都扎不准。他解释（更像是抱怨），狗儿的血管太细了。辣妹左后腿被他扎得血淋淋的，只好换到右后腿，可几针下去——仍然没有扎到位置。我冒火了，跟这个庸医吵了起来。这时男孩不见了。不知什么时候他离开了。

当辣妹的第三条腿也浸满血污时，我终于确信——再这么扎下去，辣妹将会死在这里。我果断抱着它离开，走到巷口，那个男孩站在街对面冲我招手，大声嚷道："这边，是这家。"

原来，他也发现了不对头，跑到对街——他记得这里还有一家宠物医院（我特意观察了墙壁上的行医执照）——幸好，宠物医院的灯招亮着，他敲开了门。一位年轻的医师听诊之后，迅速扯了一张病危通知单，让我逐行填写责权书。自己则马不停蹄地配药，敷药，接连输完三小瓶药液后，它终于脱离了危险。这期间，我没注意到他何时又悄悄离开了。凌晨两点，除了四肢上残留的血污，它已经平静下来了。它甚至不会知道自己差点就没命了。

站在漆黑的街边等待出租车时，那辆黑色吉利不知从哪儿钻了出来，缓缓驶向我，男孩从车窗探出来："太晚了，我送你回去。"

"你一直在这等我？"

我感到非常意外——我是说，或许因为危机得到处理的缘故，我的心智也渐渐回复起来，大半夜的，陌生人……虽然看起来他不像什么坏人，面孔还略带青涩。但我仍隐隐有点不安。

"安姐，"他似乎知道我在担心什么，"上车吧。"

"你认识我？"这很让人意外。

"你出第一本书时，到我们学校做过一次讲座，我也经常听你的节目，"他补充说，"我是重师的，毕业两年多了。"

我没再犹豫，抱着辣妹进了车内。这次我坐在副驾。

回程时，我心里有一种失而复得的快活——之前两个小时我一直觉得，我就要永久地失去它了。因为这个缘故，车内的气氛也变得轻松起来。

我问他："你应该也养过狗吧？"

"我们家养过，叫小白，一条比熊，"他说，"可是，它走丢了。"

"啊，太可惜了。"我表示遗憾。

"安姐，不瞒你说，我等着你，就是想给你说说这个事——"他扭着方向盘，车拐了个弯，驶出弯道，他苦涩地笑着。“我家的狗走丢后，我的父亲把自己也搞丢了。”

我为这句话感到迷惑。

他歪着头说：“你愿意听听吗？”

我读大一那年，其实就是刚到校不久，父母突然就离婚了。这是后来寒假回家，母亲告诉我的——因为我爸那时已经从家里搬出去了，事情不可能包得住。那时她基本上也平静了，能够心平气和地跟我描述这个事。听到这个消息，我很震惊。

我父母在一块生活了大概二十三年。他们都是普通的丈夫，普通的妻子。说起来，在心里我跟父亲要亲近一些。他戴个眼镜，比较温和——实际上他性子有点急。虽然话不多，但还是挺有趣的一人。对我没多少耐心，但决不像其他父亲那样动不动就用拳头解决问题。在家里，我怕的反倒是妈妈。不过，父亲要是真的动怒，我还是畏惧的。那一定是有什么原则性的问题。不知道是不是这个原因，我也不像其他孩子那么逆反，总之就是很平淡也很平庸地度过了青春期。印象中，小时父母常常争执，也有闹得不可开交的时候。公允地说，总是我妈先动手，她脾气暴，最后得胜的人也是她——让步的多半是父亲。他们闹时我也尖起耳朵听，不是什么严重得不得了的事，净是些鸡毛蒜皮。吵得凶时，我妈就闹离婚，反正这么一说我父亲就怂了。我上小学五年级时，父亲买了一台二手车，每到节假就带我们外出旅行。我父亲喜欢古镇老街，我妈喜欢景区和农家乐。几年下来西南这一片我们差不多都走遍了。等我稍稍再大一点，他们基本上不怎么吵架了。很多同学都很羡慕我，虽然家境一般，但家庭氛围很融洽。做菜都是抢着做，而且他们做菜都好吃，各有各的拿手。所以我完全不能理解，怎么说离就离了呢？是他外面有人了吗？我妈否认了这个。她说跟别人一点关系没有，我清清白白，至于他，年轻时可能有点什么想法，但这次还真不是为这个。那是为什么啊？我问。我妈说，你开学前不久，咱们家的小白丢了，还记得么？记得啊，但小白跟你们离婚有什么关系？她说，这也是我猜测的，我觉得起因就在这条狗身上。只能是这个原因。

小白呢，是我读初三那年，我妈带回来的。我妈知道我一直想要一条狗——但她不知道我想要的是大型犬，最好是阿拉斯加那种。总之带回来一条狗，就得有人照顾。我妈连我都顾不上，哪顾得上狗；我更不可能，养狗的事就只有甩给我爸了，相比我妈，他更像一个家庭妇女。

小白走丢后，可能我妈觉得，一条狗嘛，丢了就丢了。说实话她好几次都把它送走，因为养狗真的很麻烦，家里气味真的很大——只是你自己习惯了不觉得。但我爸就像掉了魂一样，天天带着狗绳出门找，打印了一堆寻狗启事四处张贴。一个多月后，我妈才晓得他竟然辞职了。问他为什么一点沟通都没有就自作主张？他不说话。我妈就问，为什么要辞职？他居然说，找狗。我妈说，当时我简直要昏过去了，难道一条狗竟然比他的工作重要？比这个家，比我们都重要？好半天我妈才缓过来，问道，看你这样子，是不是还准备一直找下去？他想了想说，应该是的。父亲说这话时是很认真的。过了几天，我妈费了不少精力，好不容易才把领导工作做通，让他重新上岗。回家后，我妈跟他说这事，父亲却说不用了，我们离婚吧。问他原因，就是不说。我妈说，只有一种解释，就是你爸啊，肯定是中什么邪了，没救了。

“那么你问了你爸没？”我问道。

“问了啊。”

就像母亲那样，父亲翻来覆去就只有一句：你要说具体为了什么，我真说不上来，就是觉得非这样不可了。

“真不是出轨什么的？”

“应该没那回事，他比狗还规律——我们家狗一天要遛五次，起码三次吧。我怀疑，离婚是不是跟我有什么关系？父亲就说，跟你无关，”男孩说，“但是安姐，你想想，我难免要想啊，是不是我的什么原因？”

他痛苦的神情显示，父亲的行为给他造成了极大的困扰。

“关键是，”他说道，“我得不到答案。他始终没给一个解释。”

我沉默着，觉得挺有意思，挺残酷。

“安姐，”他说，“你是作家，又听过那么多故事，对这个，你怎么看？”

“我也说不好——除非，我能联系到你父亲。”我模模糊糊能够觉察到什么，但也说不准。“不然谁也不知道他究竟遇到了什么事儿，或他到底是怎么想的。要不，”我建议道，“我在节目里讲一讲这个事？”

男孩没有表态，我视之为一种默许吧。

我在交广电台负责主持的一档栏目名为《人间》，顾名思义，就是讲述各种各样的人生故事，有听众自己口述的，有我们在网上搜罗的，自然也有一部分是精心“编辑”的——老实说，故事不缺，每个讲述者也自以为惊心且独特，但在我们看来都是大同小异的，所以难免要制造一些噱头。总之，因这种职业便利，我收集了不少故事，将其中一些择选出来改写成小说并结集出版，但那几本书从没畅销过，主要还是依托各种活动来推动销售，比如进高校讲座，然后签售——男孩见到我那回，就是去卖书的。由此可见，说故事和写故事是两码事。

一天后，我在节目里顺便提到了这个故事。简单得如白开水一样的小故事，意外地引发了让人吃惊的回应。我是说，它引发的连锁效应比以往我们觉得的那些“好故事”强烈得多。有不理解的——当然这太正常了；有理解的——但基本上说不出什么可信的缘由；还有诅咒谩骂的——我无法猜测他们的脑子里装着什么样的棉絮，我何必编排这么一个毫无起伏的故事？我发现这个故事之所以受到广泛关注，只是因为丢失宠物的人实在是太多了。甚至有很多听众提议，能不能专门开办一个寻狗的栏目？我苦笑时，我的编导若有所思。“好像真的可以做一个爱宠节目呢。”我捶了他一下。“你也疯了！”

第二天，编导找来两位嘉宾——一位女心理咨询师，一位男诗人——又顺着这个热点作了一期对话。心理咨询师是这样分析的（或作为一个女人的直觉）：这个男人如此积极地找狗，其实是一种心理投射，是对失败现实生活的逃避，是一种不负责任的表现。诗人则认为，这是一个极好的案例，我们应警惕的是，在城市里宠物正逐渐成为平庸家庭情感的一种替代品。不管怎样，“一个宠物时代已经到来了”。

第三天，编导给我转接了一个电话，他站在窗前打着手势，低声提示：“是那个找狗的人。”

接通后，一个沙哑的男声急切地飘出来，兴许因为紧张的原因，有些发颤：“……你们的节目我听了，我找狗是真的，但离婚什么的，真不是因为狗。”

“哦——”我反应过来，是那个男孩的父亲打来了，“不用急，您慢慢说。”

“我记得那是雨季前的最后一天，因为它走失后，接连下了十几天的雨。”就这样，他开始讲述起来。

那天中午，他在厨房炖汤，是孩子爱吃的排骨藕汤。中途他出去过一次，将满满的垃圾袋提到楼道口。应该是这时，它趁机从脚边溜出去了。肯定是闻到了母狗的味道。听说狗的嗅觉是人的一百倍。

发现它不在室内后，他趴在生活阳台朝下面喊叫，没有回应。应该是跑远了。它曾偷跑出去过几次，但每次都能在小区找到，或者天黑时它自己就会回来。每次回来，身上沾满了草籽，有时嘴巴上还沾着粪便，臭烘烘的。有次它背脊上挂了一个清晰的脚印，乌黑的、令人惊怖地陷在白色的毛发上。因为这，出门时他从来都是拴着它（他很讨厌那些不牵狗绳的主人）。开关房门也很小心，从不会轻易让它得逞。可是仍然有疏忽的时候，比如这次。

回想起来，他觉得自己最为错误的一个行为是，没立即下楼去找——当然也很难发现，之前几次都是这样——而是慢腾腾地吃了中饭，回卧室躺了一会儿。昨晚他失眠了，很疲累。很长时间他的睡眠情况很糟。

午睡后他带上狗绳在小区里走了一圈，没有见到它。天黑后，它仍然没有回来。他又出去找了一遍，按照它之前习惯逃离、停滞的方向，往小区的北面仔细盘查。那里曾有一只流浪狗，母的。一无所获。深夜他在小区里转悠。他回想起来，因为礼拜天的缘故，小区里遛狗的人很多，出门找狗时他遇见两个牵着金毛的业主。他的这只比熊特别惧怕大狗，每每与大狗相遇多半要叫嚣。它喜欢偷跑，但从没在外面过夜。这是一个不好的信息。这晚上，他照旧失眠，睡得不安稳，他不停地起夜，顺便拉开门——看看它是不是坐在门口。

翌日清晨，他在小区里梭巡了一番——更像是一种应尽的义务——就出门上班去了。到单位，他把这个消息告诉了出差的妻子。她埋怨道："一条狗你都招呼不住。"当时他是怎么想的？如果它不回家，就由它吧。他真是这样想的。他并没真正意识到"它不会再回来了"。再说，这个狗儿并不是他想要的，一直以来，他都这样想：这是强行塞给我的一个赘物。事实上也是如此。要一个狗儿，是孩子提出的，然后他妈妈真的物色到了这条——把照片从QQ上发给他，"你快看，这条狗怎么样"。他在开会，回复稍微迟了点，等他打通妻子电话时，她告诉他："已经带回家啦。"

下班后他见到了它，根本不是图片上的那样：小小的，脏不溜秋，在客厅里瑟瑟发抖。

他对它没有好感。小时他养过一条土狗，有天放学回家，看到它被父亲杀了，它的皮挂在后院，尸块在卤锅里，上下翻滚。他当时就吐了。从那时起他没吃过一块狗肉，也从未养过宠物。一只松鼠、一只乌龟、一条金鱼都没有。可现在他不得不成为一条狗的主人。同时他心里知道它会出现不全是孩子的需求，它的原主人是妻子的顶头上司——她觉得接手这个宠物，是一种关系的连接点。

这个叫小白的狗儿来到他家半个月，就是春节了。问题来了，这个假期，全家人已定下去鼓浪屿，那它怎么办？

他去宠物店寄养，可是接连两家都不收。理由是：狗狗未满三个月，寄养风险很大。如果非要寄养，只能签免责协议——也就是，狗狗如果意外死亡与宠物店无关。他不理解，跟其中一个店主吵了一架。最终，它被存放到一个同事家。七天假期过后将它接回来，它开始拉稀，绿色的，病恹恹的。拉稀到第三天，他觉得不对了，送到宠物医院，抽血检查后，医生告诉他，是细小病毒。“这种病死亡率很高，你可以选择放弃。”“如果治疗呢？”他问道。“治疗的药物有两种，进口的和国产的。”然后医生报了两种价格。他在心里权衡了一下，选择了国产的药物。即便如此，每天治疗费用大概平均六百到千元左右，需要住院七到十天，且不作任何（治愈的）保证。

这个意义上，它又是彻底“属于”他的。他那瞬间的决定救了它。六天后——也就是花了四千元左右——它脱离了危险。他觉得自己用一笔不菲的额外费用“购买”了它。每天，他送它去宠物医院挂点滴，晚上接它回家。每次他离开，它总要拼命嘶叫，然后是绝望的嘶鸣。医生说那是它在哭；接它时，它哗地扑向他，就像他是自己的父亲。在这个家里，它只认他。不管愿意与否，这个家里能够照料它的只有自己。孩子要上学，妻子处于“事业上升期”，加班是常事。他在一家国有文化企业任职，不用非得天天打卡坐班。所以，小白成了他最日常的陪伴，或者说，养育成了他一个人的事。

养狗不单单是给食和遛狗，意味着更多。比如洗澡，除菌、梳毛、擦眼屎（比熊犬的泪腺十分发达），以及训练大小便。可惜最后这项很不成功。或者说，他根本就不耐烦也不擅长这些。总之，家里全部的角落都有它的尿骚味。这让他烦不胜烦——毕竟，全家（除他外的成员）已经默认的是，他才是它的主人。如果它便溺，那必定是监护人的责任。因而当它第一次偷跑时，他暗暗想，最好别回来了。可是，临睡前，他还是忍不住要出去找找，打开门——它傻傻地蹲在地上，抻出舌头，噗嗤噗嗤地，仰望着自己。那一刻，他发现自己竟然充满惊喜。

妻子出差回来后，两人到小区四处找了一遍，然后去了物管。他们在监控里找到了小白下楼的画面，但始终没看到它是什么时候出的小区。查看监控不是一件轻松的事，又费眼又耗时。半小时后，妻子一脸疲惫地说，没用的，小区后门没设监控，而B区和C区入口监控有死角，小狗体积太小，就算它从那离开，也不一定能捕捉到影像。“确实不是个办法，”他也认为，“如果它真的出了小区，意义也不大了。”妻子打着呵欠说：“那咱们回家吧——兴许，今晚上它要累了，就回来了呢。”

但这种情况没有发生。

晚上他从小区转悠一圈回来，坐在客厅。妻子给孩子收拾各种冗杂的物品，恨不得把整个家都塞进行李箱。终于要离开这个家去住读了，孩子很兴奋，那种即将得到自由的喜悦怎么也掩饰不住。他则听着窗外的雨声，树叶被击打的声响越来越大，他想，那些雨水会把它兢兢业业积攒在小区的气味全部洗刷掉的。

清晨，妻子带着孩子驾车离开了。他站在阳台上，很焦躁，一种困兽的感觉。他不知道自己想要干吗，但他很清楚的是，必须做点什么才行。他打开电脑，从文件夹里选了几张小白的照片，照着网上的模板写了一篇“寻狗启事”，打印了四张，墨盒就没墨了。他在小区的两个主要入口、物管办还有主干道上分别张贴了启事（像做贼一样）。回家时，发现遗留在沙发上的手机像是被打爆了——不是好心人打来的，全是单位的来电。办公室打过七八次，领导也打了两次。他这才想起，上午有一个重要的活动——“最美读书人”评审会，是单位承办的，每月一次。他是评审会主持（其实更像是导航服务员、接待员和酒司令）。这还不算最坏的，因为已定了他负责，领导也颇为放心地没来参会。但是，新上任的集团党委书记毫无预兆地来这个下属机构视察了。中午他赶到单位，被书记痛斥的领导，将那种愤怒有增无减地转移给了他，要他给个说法，“为什么没来——扔下一屋子的专家评审？”他实话实说，“我找狗去了。”领导瞪着眼珠，“找狗？”他说，“对，我的狗丢了。”

黄昏时，他独自站在阳台上，突然听到楼下传来狗吠声——好像是它。他马上冲下楼，是另一条小型杂交犬。他沿着小区走，竖起耳朵，一路监听各个楼栋的狗叫声。他一直不相信它真的出了小区，会不会是被谁关起来了？他在每一栋有狗叫的楼底喊叫它的名字。当然没有收获。而且他发现，自己张贴的启事全部被揭掉了。勤勤恳恳的小区物管不会让这种东西存在太久。

晚上，又下雨了。他睡不着，爬起来在电脑上检索领养或走失宠物的信息。他发现，丢狗这种事简直太常见了。能够找回来的几率微乎其微。网上发帖没多少实际意义，什么“必有重谢”之类的语句已经被彻底厌弃，“酬金两千元”是基本线，悬赏二万、五万，甚至言称十万酬金的都有——他被吓到了，完全无法理解。

之后他把范围扩大到周围的小区，清晨和黄昏——遛狗的时间段，带着它使用过的毛巾、狗窝里的被褥、自己的鞋袜等等，一边搜索一边将这些气味留在固定的地方。其间，宠物医院的刘医生建议他去狗市看看，会不会有意外收获。在那里，汹涌的狗叫声让他感到一种剧烈的心悸，他没法在几百条犬只里找到自己的狗，这几乎不可能。但他清楚它们的命运。

“如果狗市里找不到，那就难了。”刘医生告诉他，荷兰科学家的一项研究发现，狗是用鼻子判断时间变化的。“闻到时间？”他觉得难以置信。医生解释道，时间的流逝也会带来气味的变化，而狗的鼻子可以捕捉到这种变化。“那么它怎么还会走失？”医生苦笑，狗毕竟不是人，它缺乏语言。狗是依靠气味来建立区域记忆的。“与其说你把狗丢了，不如说是它丢失了你的气味。”这句话让他愣了好一阵。他回到家，进到卫生间时，浓烈的尿骚味似乎在显示，它根本就不曾离开，它刚刚就在这里，这么明晰。

他加大了夜间的搜寻。有人告诉他，凌晨一点半时它在好吃街出现过。凌晨他从家里出来，沿着好吃街一溜大排档梭巡。每晚如此。这时他已经接受了它走失的现实，但他仍然不能接受它成为流浪狗——他获悉了太多关于流浪狗的悲剧信息。很多年，他从未这么晚出门，他似乎看见了另一种世界：在药房门口，一个十几岁的青涩少男指挥女友进去购买情趣用品；他在一座小区背后的垃圾站旁被十几条闪烁着绿光的野狗围攻追赶；公园湖畔密林里有一对男女站着交媾，而离他们不远处的湖面上，有人在夜泳；一个人喝醉了，坐在绿化带里嚎啕大哭；夜市上，刚刚还推杯换盏的酒桌上突然大打出手，啤酒瓶的碎末溅在他的眉骨上，差一点点就伤到眼睛。

走在阴雨绵绵的夜里，他第一次意识到这个事实：自己或许永远都见不到它了。

“那么，离婚的事，是您提出的？”

关于这点，他的说法略有不同：“是我妻子提出的，我答应了。”

这完全可以理解，为找一条狗，他所显现的执着——包括放弃工作这件事——本身是难以理喻的，如果妻子对此有所反应，说说气话比如提出离婚什么的，也是正常的。不寻常的是，为什么他会偏执到这步田地?

我采用了一种委婉的说法：

“您在外面……是不是有了其他选择?”

“如果你指的是情人什么的话，不，没有那回事。”

“这就更让人没法理解了。找到那条狗对您来说，真就那么重要？我记得您刚提到过，起初并不是很喜欢它。”

“我也不知道为什么那种寻找的愿望格外地强大——我是说，非如此不可，去找它，不管最终结果如何。但这势必意味着，我必须放弃一些东西。”

“可不可以这样理解?”我顿了顿，“您在它和家庭之间，作了一种选择?”

“不是，这就是我打电话来的原因，真不是，”他认真地解释，“我找它是一件事，我离婚是另外一件事。我把我的气味弄丢了。”

“气味?”

“……很难形容，”沉吟半秒后他说，“总之，小白走失后，我每天仍然可以清扫出很多它的东西，总有一些它的毛发，它的味道，但确确实实，它消失了，在这种消失中，我感觉自己的一种东西也被带走了。”

“那还是因为狗的缘故。”我说。

我第一次听到类似说法，有些新奇，有些不可理喻。

“那么，您现在以何为生？”

“我跑出租，”他忽然有点腼腆，“业余也搞点摄影，我从很小就喜欢这个，也爱好收藏相机。但工作之后反倒没什么机会出去拍摄了。”

那么，他可能仍旧没有放弃寻找——穿梭在街巷之间，眼角瞥向一侧的街角，看看暗处的流浪狗里是不是也有自己的那一只。我能想象那个画面。

“那条狗，后来您找到它没有？”

“这个，”他笑了笑，“你觉得重要吗？”

我试着联系那个男孩——那晚我特意找他要了电话号码，希望请他吃顿便饭表示谢意——可电话无人接听，再拨过去，电话已关机。我发了条短信，请他阅后回复。

接下来几天，他也一直没联系过我。

但我无暇相顾。节前总是非常忙碌，不光是工作，而是你所有未解决的事情都将皱成一团。当辣妹的最后一条狗崽儿被人领养走，第二天我就飞到了广州，与提前从北京飞来的男友会合，开始了一场计划已久的美食文化之旅。在陌生环境里，情人更容易融合在一起，要么就是更加分崩离析。幸好，我们选了——或说均偏向于选择——前者。之前的争执、吵闹、对于彼此的指摘与诋毁，全部被我们有意无意地过滤掉了。一位诗人说，生活是一张网。是一张网，没错，但我认为它本质上更像一张滤网——如果你不能让更多的事物穿透，你将因无法承载而被覆没，也无法得到一点点可怜的结晶。生活的真相就是这些细小的滤口，属于你自己的东西真的不多，它们——不管它们是些什么——流逝得比你想象得更快。

七天假期过后，上午从江北机场出来，我做的第一件事就是赶去宠物寄存站。看见我那刻，辣妹简直就抓狂了，在笼子里上蹿下跳，眼里噙满了泪花——我根本没法抱住它，它呜咽着，两只前爪胡乱地扑腾，一个劲儿往我身上冲撞。禁锢的思念在这瞬间就像烟花一样，轰然炸开了。

回到家，给辣妹洗完澡，我听到电话在响，将手里的吹风搁下。是那个男孩的，我摁了接听键，一个鲁莽的声音——不是他——冲了出来："你是谁？"

我愣了一瞬，反问他："你又是哪个？"

就这样，下午两点半，我如约到了江北区公安局，一位身材高大的民警接待了我，他姓杨，北方口音，叫我喊他大杨。

"你这心也忒大了吧，半夜三更地，随便什么陌生人的车都敢上，"他猛吸一口烟，斜眼瞧我，"你还能坐在这，已经很幸运了。"

那个凌晨，遇见我之前，程木林——那个男孩的真名——与一个叫作赵晓晨的同伴，准确地说，是他的同性情侣，实施了一次恶意敲诈。

大概情况是这样的。大三下半年，他就退学了，父母完全不知情。他在社会上漂了一段时间，后来在酒吧结识了比他大两岁的赵晓晨——后者启发了他的另一面并成功将他“扳弯”。两人都没固定工作，想着要改变现状，但又并不愿意积极付出什么。一天，赵晓晨用交友软件钓到一个“大鱼”，对方不小心泄露了自己的信息：某单位公职人员，还是二把手领导。他们做了充分准备。那晚，赵晓晨约他到宾馆偷欢，用掺入咪唑安定的饮料迷晕对方，将其控制起来，从他随身的手包里取出银行卡，然后将他弄醒，把用针孔摄像头录的视频给他看后，他乖乖地交代了密码。随后，在楼下等待的程木林带着银行卡，开着租来的车沿途取款。等到清晨，他们将直接奔往机场，远走高飞。计划堪称完美，可一个小小的意外毁了一切——或反过来说，也成立——一个意外拯救了他们。那条“大鱼”出门前，不知自己妻子早就怀疑上他了。他不碰她，夜不归宿，总是加班。她很聪明地在他手机上偷偷设置了追踪模式。深夜，当发现丈夫的定位不是办公室而在某宾馆时，她联系上两个堂弟，赶到现场。赵晓晨甚至毫无防备地开了房门。大概就在那时刻前后，程木林恰好遇到了我——远远朝他挥手求助。

“他从始至终没伤害我的意思啊。”客观上，那晚我似乎危机四伏，但我觉得，没大杨渲染得那么悬乎。

“你可能不晓得，”大杨的神情说不清是讥讽还是什么，

“他们两个也作了最坏的打算。你坐在车里，他脚下就是一把水果刀，还有一把钉锤，”他吐出一个浓浓的烟圈，“你要是看到了那些东西呢？万一，我是说，万一要发生点什么呢？”

这个推论让我顿时毛骨悚然。

“我能见见他吗？”

但大杨说，现在还不行，要等审讯期结束。

兴许我真是幸运的，或许我要感谢自己的那点缺陷。我两只眼都有近视，其中左眼还有一百度的散光——在夜晚，这点缺陷表现得更为明显。这就是为什么我不愿也一直不学驾驶的原因。

此后我总在琢磨这个：要是我发现了那把刀，或者他要是临时起意干点什么，结果会是怎样？

说不清楚，真的很难说。

不过某个瞬间我似乎理解了那个男孩之前的心情——当他在父亲那里得不到答案的时候，他很轻易地迷失了。他一直处于迷失中。

差不多七个月后，我再次见到了程木林——既是私人性的，也是工作的一部分。我的编导期望他的故事能出现在我节目上。“毕竟，你自己亲历的故事，对听众来说更有那种感染力。”编导这样说。

在监狱会客室里，他坐在我对面，有些腼腆，与那晚冷酷的形象相去甚远——脸颊胖了一些，眼神也清澈了许多，卑微而柔软。不知道时间和特殊的环境给予他什么样的指引。

“你现在的精神很好。”我说。

“还有一年多，”他伸出一根指头，“我就出去了。”

说到这点或许他该感谢我，那晚因为帮助我的缘故，他被耽搁了，他实际上没取到多少款项。这对他的判决起了一点积极作用。

他随后说：“最近我在重修原来的专业，以后出去也可以干点自媒体什么的。”

我投去鼓励的眼神。他读的是新闻传播专业，这是个不错的信号。

“当初你退学，是不是跟你父亲的事也有一定关系？”

他埋着头，过了一会儿说：“我也不知道。我就是不想回家，每次回去，总觉得背后有人在指指点点。”

我点点头，表示理解。

“对了，一直还没来得及告诉你——你父亲当时还打了电话来找我，就在节目播出的第三天。”

“噢？”他突然欢快起来，“他怎么没跟我说啊！前不久他也来看过我。他花了三年学会捏泥和制陶。去年他租了一个废弃的窑厂，跟一个四川美院的退休教授把那儿改造成了一个陶艺茶馆——他自己也没想到，那儿突然就火了。”

“看起来，你已经不再怨恨他了。”

“其实也谈不上怨恨，就是不理解，不清楚到底为什么。”

于是，我开始转述他父亲的那些说法。他认真倾听着，不时露出迷惑的神情，几次想要打断我说些什么，但又富于耐心地止住了。

我讲完后，他笑起来。

“有什么不对吗？”我有点恼火。我觉得心底有什么东西被这孩子冒犯了。

“这个故事很有意思，很奇怪，它解答了我心里的一些疑问。但这里有一个偏差。”

“嗯？”我示意他继续说下去。

“我们家在一个老社区，是一栋单体楼，你刚说到监控，这肯定是没有的。我父亲也没开过出租——他甚至不会开车。离婚后他一直住在虎峰山，他就是在那里学会了制陶，他的窑厂也在那里。”

“所以，”他表情轻松地看着我，“我不知道给你打电话的那个人是谁，但他不是我父亲。不是。”

一个没有准备的地方

他们租了一条机动船从后溪驶向大溪，那是下午两点四十左右。

后溪属酉阳县，大溪却受辖于秀山县。这是临时的决定。按计划，这时他们应该赶往黔江，晚上在濯水古镇过夜。但中午在河边吃酸菜鱼时，方大卫听老乡说下游就是大溪镇，有一个俯瞰犹如一滴泪珠的水岛，岛上满是金弹子古树林。于是突发奇想，想去看看，说正好也可以坐坐船。可小葱并不情愿。她是计划性比较强的那种女人，这趟多出来的行程本就打破了她的某种平衡，再说，还是来见一个女人——无疑让她更为不满。现在凭空又多出一项游船——她不同意。可大卫少见地强硬起来，小葱就不开腔了。

安眉以为事态平息了。去河边租了一条机动船，讲好价，往返四百。临到出发，小葱突然说肠胃有点不适。大卫问，船都租了，你说怎么办？小葱说，不怎么办呀，我先回民宿休息——反正你一会儿就回来了。安眉怕两人绷着再闹出什么幺蛾子，赶紧斡旋。“就听小葱的！她在岸上歇歇。反正也就一会儿工夫。”

这天天气倒不错。在西水河上游走，就像在云里滑行。水面薄得像是一块脆弱的镜子，可从这镜面又看得到底下碧绿柔软的水草。船行时，可见水中野鸭嬉戏，河面白鹭飞翔，缥缈虚空的景致让大卫忘却了刚才的不快——待在船舷，拿着手机不停拍照。只是马达的噪声实在扰人。安眉原以为很快可以回程，但她错了。还未抵达目的地，船体突然“咔”地剧烈晃动了一下，顿然失去了那种轻盈和速度。船老板从驾驶舱里出来，俯身检查了一番，抱歉地说，机动螺旋桨出了问题。方大卫一脸愕然，没听懂这生涩的方言。安眉将情况转述后，作势跟船老大理论，但大卫颇有风度地制止了她，和善地问接下来怎么处理。黝黑的船老大操持着椒盐味的渝东南普通话说，前边不远有个老寨子，我尽量靠拢过去，你们可以在那里上岸，逛一逛，耍一耍，我要花点时间检查。两人远远看到，前边的确有一片居住地，依稀可见尖顶的木屋。看起来这是唯一的方案。

机动船花了一些时间艰难地靠向那处码头，船老板抱着纤绳栽入河里，游到岸边，将船缓缓拉拢，固定，放了跳板。他们下了船，眼前是一处高高的石坡，台阶是新修的，但一侧裸露的青石板倒是很有一些年头。台阶上方是一道装饰性的石门，大卫将门匾上刻着的三个仿宋体字念了出来：“打捞寨。”回头朝着安眉说：“也好呀，无意中捡到了一个景点，也是缘分。”安眉回应了一个笑脸，可心底烦恼骤升。毕竟是他的新婚旅行，他的新媳妇儿还在岸上等着。

两天前——也就是国庆长假结束后一周——安眉突然接到大卫电话，说刚刚从九寨沟出来，路过重庆，问她可有时间接待。

“求之不得。”安眉爽快地应承下来，随后问他来重庆有何事宜？

“等等再说。”他却支吾起来。

晚上时安眉再次接到他电话。“我这次出来是旅行结婚的，”他解释说，“想到都在成都了，顺便见见你，好久不见了嘛。”

这时安眉才醒悟过来。之前他电话时，新婚妻子一定在身边。

大卫的前任——安眉见过。七年前，安眉参与创办了《商界时尚人物》杂志，听刊名就知道那份刊物的定位了。创刊不久，她策划了一组专题：新生代舵手。其实就是那些新掌权的商二代。商二代多了去了，单单是这样罗列毫无意义。但她将这个选题核心定义为——既有时尚属性、又富于特色和理想主义的一群。这样一来，原本平庸的选题就好看了，人物也好遴选了。方大卫即是其中一位：“皮带大王”的独子，曾赴美留学六年，现为集团公司CEO。私底下，他还是一支民谣乐队的主唱兼贝斯手。这样一来，反差就有了。当时报送这个人物的是记者李蔷。但执行期间，李蔷因病住院。毕竟前期作了沟通，如果不派遣记者采访，不礼貌且忌讳。于是，安眉不得不临时接手赴杭州与方大卫见面。因为不涉及过多商业属性，仅仅只是人物专访，也不用走什么过场，所以他选在私人会所与安眉面谈。座谈了一整天，收获意外得多。这指的是，他本人比那些她见到的表层资料丰富多了——比如，他竟还是一个资深的国学爱好者。在会所客厅、书房均摆放着大量书籍，重要的是，这些书籍并不是或说不仅仅是装饰物——能清晰可见被阅读的痕迹。安眉灵机一动，顺便请他给读者推荐一些国学入门书籍。在罗列书目时，他显露了博学的一面：如易学，他推荐了张延生的《易学入门》、南怀瑾的《易经系传别讲》；儒学是《论语别裁》；佛学是《金刚经说什么》；道学是《老子他说》，等等。这些书显然是他曾熟读过的——某些句子信手拈来，这可不是什么轻易的事。除此，他还显现了丰富的才艺：如抚琴演奏，焚香施茶，他甚至亲手做了一道龙井虾仁。晚餐后，他自弹自唱了一首民谣——词曲都是他自己创作的。安眉有些晕眩，这哪里像是一个CEO，更像是一位从传统里走来的江南名士。当然，这些生动的细节都被安眉写进了稿件里。刊发后，安眉收到他的来电，“你把我写活了，你读懂了我。”平心而论，这种来自受访者的赞誉往往多是一种富于礼貌的回复。不过安眉能感受到，大卫是由衷的，他是真这么想。大卫后来透露说，她去杭州那次，是他第一次接受媒体专访。难怪，到底还是年轻，压不住——掏心掏肺的，尽其所有。记得那一天，晚饭时他的女朋友来了，是他专门叫来的，席上说他们就要结婚了。安眉举杯祝贺他们，女孩儿也回敬了她。说来奇怪，安眉反而极不善于与女性打交道——虽然自己也是女人。那次之后，他们一直保持联系。比如写一些综述类的财经稿件，她就在电话或聊天软件里抓他说几句，当是“采访”；他也喜欢跟她闲扯，称她为最佳网友，因为对她有诉说的欲望。他也假模假式哀叹，“我们真该在一起的”。理由是，她总知道他在想什么。安眉好笑地说，你真愿意这样？他笑呵呵承认，“太容易被你看穿了，也不好玩”。后来安眉从杂志离职，他邀她来杭州他的公司。安眉拒绝了，告诉他：“距离才是最好的朋友，在一个适宜的空间里彼此舒适地存在着。”他哈哈大笑：“其实我知道你不会接受，但我就想听听你怎么推脱。”

安眉转行到游学机构后，两人联系渐渐就少了。去年，得知安眉离婚的消息后，他特地打电话来安慰——这时他们刚刚加上微信，又重新熟络起来。安眉没好气说：“离婚现在已经不值得同情了好吗！”“反正我不会离婚。”大卫说。“那是，”安眉说，“你要离婚是很麻烦的，分个家都要请会计公司算个把月，哪像我们，穷得干干净净，拔腿带不出泥，一拍两散而已。”

可他仍离婚了——安眉也没问。这怎么好问呢？话说回来，她已经完全不记得那个女孩了，一点点深刻的印象都没有，真是奇怪。更奇怪的是，现在这位新妻子，安眉也没看出有什么特别之处，值得他奋不顾身、违背自己的誓言——这样评论也许有失恭敬，但老实说，就安眉看来，这个小葱真的很普通。唯一的区别，就是她比那个前任身材好一些，瘦一些，当然也自信许多。不是说她看起来是很傲慢的，而是她的客气有一种拒人千里的隔离感，嗯，有一种隔膜。

因为大卫不想留在市区，所以安眉规划了一条适宜他的行程，翌日她在火车北站接到他们，径直开往渝东南，第一天夜宿在龚滩古镇；第二天直奔后溪。现在，本来应该出现在黔江市区的他们，漂到了一个叫作打捞寨的从未想过会来到的地方。

船老大留了号码，说修好了给他们电话。

"既然来了，权当是旅游吧。"两人沿着高高的石坎爬上寨子，左手边是一个简易铁皮屋，这是村里的小卖部；它的正对面是一个茶馆，四个人坐在那抹麻将，旁边高高低低围了七八人。寨里的闲人显然都集中在这两个地方。台阶的那块大坝子上有一个褐色釉面的土缸，足有一米二高，一个壮汉蹲在边上清理自己的渔网。那缸想来是储存与中转渔猎之用的。从上岸到走进寨子，村民也懒得张目他们。也许是来来往往的驴友和背包客多了，见惯不惊。

他们沿着小路往寨子深处探寻，全寨有二三十户人家，很难见到青壮年，大概都出门打工去了。老房子并不多，仅剩七八间，其中有一间带天井合院，二层木屋，四角廊檐高高耸起，颇具风情。保存完好的只此一户。一问才知，此户是村长的府邸。从寨子里漫行，新与旧的气息并存，巷子一侧是新修的楼房，对面可能是残破的瓦房木楼。墙面上，有热水器，也有褪色的文革标语。可不管新居还是旧房，门口都放着渔网和渔具。“打捞寨嘛，”一位老婆婆用含混的方言咕哝道，“就是打鱼人家的意思。”走完一遭，本欲还想往田埂处行，但一条毛发须张的粗壮恶狗堵住巷口，眼睛瞪得凶神恶煞的。对峙一秒，他们识趣地退了出来。又沿着外围走了一遍，但确实——再没什么新鲜可瞧的了。寨子就这么小。

怎么打发时间呢？安眉想了想，回到刚刚去过的那间合院里，找到灶房里的村长，跟他商量借用一下院子歇歇脚，喝两口茶。当然，付点钱。老头儿爽快地答应了。

他们坐在院子里，村长提来开水，泡了两杯绿茶。远远还能看到河上升腾的白雾，如果不计较抛锚的现实，倒也惬意。

安眉怂恿大卫讲讲他的这位娇妻，其实也是私心，好奇。

大卫说没什么好讲的。

什么叫没什么可讲？安眉当然不信。

“我是她的学生。”他投降了，告诉她——两年前他喜欢上了瑜伽，经过朋友推荐，认识了小葱，“她是我们那里最有名的瑜伽老师，看不出来吧？”安眉认真地回想了一下，但没找到任何跟瑜伽可联系起来的痕迹：“确实看不出。”

“所以，”她揶揄道，“你是为了她而练瑜伽？还是因为瑜伽喜欢上了自己的老师？”

“哎，好像这两种逻辑都对呢。”他笑道。

“可是，”她摇头说，“男人练瑜伽，多少有点怪怪的。”

“那就是喽，我就喜欢搞一些意外，”他笑道，“当然，男人学瑜伽，确实很容易被歧视。”

“喔，说来听听？”安眉有些好奇。

“主要还是尴尬嘛。你知道练瑜伽的都是女人，最开始，我进瑜伽房上课，尤其是进去从门口走到前排的时候，感觉她们看我就像一个男人走进了女澡堂一样。还有就是，练完之后要换衣服，原来没我的时候，更衣室是没有性别之分的，我来之后，这个就比较怪了嘛。毕竟有个男的，害得她们不自在，还要排队。”

安眉不难联想到那个场景，嘻嘻笑。

“还有就是，”他接着说，“朋友、熟人啊，也把你当成一个怪物，或者没那么想，但至少在心里，或私下说你——”

“娘炮？”

“对嘛。就是说我娘。偏偏我又属于那种文静型的。”

“呸，”安眉笑道，“哪有这么拐着弯夸自己的。”

大卫解释，现在很多商家都强调女性练瑜伽带来的效果，往往会让人误以为只有女生才适合练习瑜伽。其实不然，瑜伽的力量、柔韧、平衡也很适合男人。“当然很多人学瑜伽，多半是为了体型，或健身。但我不是。”

“那是为什么呢？”

“主要还是为了寻求一种身心的兼修吧。瑜伽是一种体系，如果说它仅仅是健康保养，那太狭隘了。我也是无意中在一些国学典籍里发现的，瑜伽事实上包涵有精神性的内容，比如放松术、冥想——只能说，不同的人都可以从中受益吧。但我的需求不同。”

大卫依旧健谈，可安眉觉得他确实存在着某种变化。但又说不上来。而那些更实质的东西他也避而不谈：为什么会改弦更张？小葱是他离婚前的事还是之后？她没有得到自己想知道的，但她意识到了一点——天将黑了，暮色四合，炊烟悬挂在屋檐上，慢慢消散。

“我们去码头看看吧，再不回去，小葱怕是等得急了。”

“如果真担心，她早就电话来了，”大卫突然想到什么似的，“我们打个赌。”

“赌什么？”

“看她到底打不打电话来。”

“无聊，这有什么好赌的，”安眉说，“未必你一直不回去，她连一个电话都不来吗？”

他笑嘻嘻的。“兴许，她会觉得我们两个私奔了。”

“滚！”

可是，安眉顿然也担心起来，似乎自己真有那种嫌疑一样。

两个人走到河边，机动船沉默地倚靠在远处。可是船老板却不见人影。两人这下懵了，拨打电话，过了一会儿，船老大接通后说，那故障他自己修不了，借了条小船划到对岸，刚又借了摩托往大溪镇赶，去那里请师傅了。

安眉顿时冒火了，质问他到底需要多久返回？

对方回复说："这我哪晓得。"

"这是什么话？天都快黑了！再说我们还有一个客人在后溪等着，那是外地来的女孩——"一种危机感真切地降临了，安眉控制不住，嚷起来，"你也太不负责任了，把我们甩在这荒郊野岭的。"

"我能咋办？"船老大用方言委屈地说，"船坏了嘛，我莫法子嘛。"

"那不行，你给我叫条船过来，"安眉吼道，"我们明早还要赶飞机。你误了事小心我告你。"

"你告嘛！"他粗鲁地挂了电话。

天就要黑了，那种一望无际的模糊感悬挂在四周——背后的炊烟悠悠地上升，很快弥散开来，融化在寨子上空。

那个船老大不能指望了。安眉心想。随即对大卫说："别急。我联系一下附近的朋友。看能不能让他们来接一下。"

"我不急，真的。既然这样——"大卫看起来反而平静得多，"我们就安心等着吧。"

"你还真沉得住气！"她白了他一眼。

“你看看，”大卫挥着手机，“她到现在还没联系我。”

“我觉得你还是要告诉她一声。”

“说什么呢？”他问，“告诉她，我不知道什么时候回去？”

“让她有个心理准备也好嘛。”

“不，我倒想看看——她会怎么反应，”他摸着肚皮，“我们先去寨子里弄点吃的？”

“对不起啊！”安眉说。

“说什么呀，好像是你在船上做了手脚似的，”大卫说，“这是意外，你别什么都往自己身上揽。”

走上台阶时，他们发现开始飘雨了。

回到院子后，雨点忽然落大了。大卫进厨屋跟村长商议去了。安眉坐在廊檐下的木头凳上，在手机联系人里焦躁地寻找可能的人选。但是，她发现一个严峻的问题，秀山、酉阳这一带，并没什么要好的朋友。而她认识的那些人都在县城，不管从哪个方向来接他们回后溪，都有着漫长的距离——至少得先驱车两三小时到酉水边，然后还要顺利地弄到船，先到打捞寨接上他们，然后才能坐船回后溪。可没其他办法了，船老板甚至不耐烦地关机了。

费了好大劲，她终于联系上县里一位文宣部门不算太熟的熟人，手机背景极为嘈杂，显然正在酒桌上陪客，他花了一点时间了解情况，说大溪乡有他的一个朋友。“没问题，”他说，“我叫他来接你们。”安眉长吁了一口气。这时大卫朝她做了一个 OK 的手势，意思是晚饭的问题已经解决。

雨水哗哗地从天井里落下来，四周都是雨点击打的声响，他们坐在堂屋里，围着一个黑乎乎的炉子，上面搁着圆铁锅，煮着杂鱼、豆腐、白菜、粉丝之类。汤汁汩汩翻腾。村长从里屋出来时，提了一瓶酒，纸标签都发霉了。问大卫："喝点?"安眉知道他不善饮，有心替他拒绝："不了。"可是大卫接过酒。"怎么能这样呢，客随主便，那咱们就喝点呗，"随后问道，"你也来点?"安眉只好点点头。

第一口安眉就呛住了，这是她第一次喝到这么冲鼻的白酒。大卫也是。村长在一旁抓着酒瓶笑了起来。

他们很快就适应了——不管是这难闻的苞谷酒，还是这种环境。竟然也不觉得有什么，甚至还有点久违的感受。

吃到中途，电话响了，秀山的熟人抱歉地说，大溪乡的朋友没在当地。但他承诺会尽快想其他办法，实在不行，他开车过来接他们。

放下手机，安眉很沮丧。大卫安慰说："没事，随遇而安嘛。"

"那怎么行，小葱一个人在后溪呢。"

"挺好呀，她得到多一份的自由了。"

"瞧你说的!"她白了他一眼，随后苦笑，"你那位也是，这么晚也不来个电话，简直不像亲生的夫妻。"

他笑笑。"她跟周芬——我那前妻——不同。周芬是天天黏着我，一点点主见都没有，什么决定都要等我来。小葱完全相反，她不在乎。怪了，我就偏偏喜欢这满不在乎的劲儿。”

“你们男人呀，”安眉总结说，“就是贱，作茧自缚——还以为自己在玩驾驭。”

大卫点着头，似乎也认同这个说法。

一瓶老酒，村长干了一半，其余的他们两人平分。喝到最后，安眉还好，只是微醺，但大卫就不行了，脸色微微泛青。和村长干掉杯底最后一点酒时，直接就从凳子滑落倒地——醉了。她和村长合力将他抬到厢房，让他平躺着，又打了热水，给他敷在额头上。做完这些，安眉给小葱打去电话，坦承目前进退失据的处境。小葱静静地听着，忽然问，大卫呢？安眉如实回答，刚喝了一点白酒，喝多了，在村民家躺着呢。小葱说，那好吧，如果回来太晚，让他别给我打电话，也别敲门，直接找服务员拿钥匙。

安眉坐在院子里，脑子有点晕，一种极为强烈的不真实感。我怎么来这里了？我这是干吗呢？发了一会儿呆，雨停了，大卫也醒了，嗓子里发出痛苦的声音。她提着一个废纸篓跑进房间，刚好赶上——他趴在床沿上哇地吐了出来。

呕吐后，大卫算是清醒过来了。安眉让他继续歇着，说出去买烟。出了院子，大卫跟了出来，他摆摆手，示意自己没事了。

安眉抱歉地说：“不该让你喝的。”

“嗐，”他说，“我倒觉得挺好，来对了。”

“这算怎么回事嘛，”安眉苦笑，“还没问你呢，你到底是路过，还是专门过来的？”

“你说呢？”

随后他说：“其实你知道，我是专程过来的。”

“专程来旅行？”她故意说。

“专程来找你的，但——”他笑道，“安姐，别误会啊！我就想，得有个机会，咱们单独说说话。”

“说说话？有什么话在微信里不能说？”

“那不一样，见面说跟网上说能一样吗？”

“至于吗？说个话，对你这么重要吗？”

他瞪着黑暗处，那里狗吠声此起彼落。

“你可能不会理解，我找不到一个可以说说话的人。”

“那小葱呢？也不能对她说吗？”

“不一样。有些话，不大适合对亲近的人说，再说，说了也不一定理解，甚至适得其反，对吧。”

“那倒是。”但安眉并没有说出来。

两人默默地走了一会儿。“今天挺好的，至少——”他说，“我觉得挺好，是‘过日子’的感觉，时间比往常漫长多了。”

“当然了，困在这岛上，不漫长才怪，”安眉想了想，“说到这里，我突然有点理解了鲁滨逊，孤岛上的一年，兴许就相当于城市里的七年吧？”

“要我说，生活更像是一座孤岛。”

安眉看着他：“我第一次觉得你像个诗人。”

“我大小也是写过歌词的嘛。”

走到码头边，小卖部还开着，安眉拿了一包玉溪——这是寨子里最贵的烟了。大卫突然对老板娘说：“再来两瓶啤酒。”

安眉不解。“刚刚喝吐了，又拿酒？”

“我听说，白酒喝多了，可以拿啤酒来醒。”

“哪里来的怪道理！”安眉嗔道。

他提上酒，两人朝码头下边走去。

在河边，他们找了一块石头，坐下，安眉把烟点上。他伸手说：“给我一支。”

“看嘛，又破了一戒。”

“什么戒？”他问。

安眉扳起指头给他数：“游河、抛锚、抛弃新婚夫人、喝酒、醉酒，再加上抽烟，你说你今天都创造了多少个个人纪录？”

他笑着，被来不及吐出的烟雾呛到了，满脸通红。冲着河面怔怔地看了一眼，突然说：“哎，你烧过野火吗？”

“小时候在外婆家干过这事，是跟着表哥们一块烧的，我自己一个人可不敢。”

“那，等等我。”

他仿佛得到什么启示一样，迅速走入河边晦暗的水雾，几分钟后，他从雾里钻出来，怀里抱着一堆树枝。两人一块在河滩上刨出一个坑，大卫将树枝码在里面，一层层的，然后安眉将餐巾纸掏出来递给他，他点燃一张，将手里的枯枝烧着，塞入坑下，用手掌轻轻扇动，可惜火星很快就熄灭了。树枝大多是潮湿的，不容易着起来。

篝火终于燃起来，安眉又去捡了一些枯枝回到河滩。蓦然觉得，这似乎是在求救，这堆闪烁的火光就是某种求救的信号。

大卫蹲在篝火前，仰头说："你信不信？这是我第一次烧野火。"

又一个第一次——安眉心想。

"在美国独自生活那几年，奇怪得很，我经常梦见自己在荒野里，燃起一堆野火，一些精灵还是魂灵，循着火光而来，围着我跳啊唱啊。这样的梦我做了好几次，不知道为什么。"

"可能是你一直活得比较规范吧，但你又渴望一些别的什么东西。"

他将啤酒瓶咬开，递了一瓶给安眉。

她看着瓶盖儿，问："还是第一次？"

他愣了一秒，会心地笑了。

"渴望——你刚才说的这个词，太对了。"他喝下一口，白色的泡沫从瓶口涌了出来，好像空气中有什么在逼迫它们逃离。

"前些年我做乐队——你知道的吧？"

“听说你还去参加选秀，有这事吗？”

“有，但没成功，”他垂下头，“十二岁起，做乐队是我最大的梦想，我却不得不成了一个商人。”

“老实说，”安眉注意到“不得不”三个字，“你做得挺不错，让人刮目相看。企业的过渡、接班是一个很艰难的过程，但你只用了两三年，就把那么庞大的一个集团轻轻松松理顺了。你还是很能干。”

“可是，”他说，“那并不是我想要的啊。”

“现在你理顺了，可以甩手做你喜欢的事呀。”

“不，不可能，”他摇头，“有些东西你甩不了，你也不可能专心致志地做好两样事。”

“那倒也是。”安眉承认。

“事实上，做了几年乐队后，我也想通了——我并不是想要做乐队，我也没有那种天赋，我们的团队也平庸了些。”

“你花了那么久去期待一件事，但你现在说并不是真正想要去做？”

“如果不是用了那么久，”大卫似乎在思索，“我也不知道自己心底并不是真正特别想要做什么。”他又问：“你觉得热爱是什么？”

“应该——就是一种奋不顾身的选择吧。”安眉说。

“所以说，我没有为它奋不顾身。这不是我唯一想要的那种东西。”

“那你到底想要什么？”

“这就是问题所在了，”大卫苦恼地说，“我知道我可以不要什么，但我总是不清楚我到底要什么。安姐，你说，我是谁？”

“你就是你，你是方大卫呀。”

安眉觉得他不能再喝了，可他的条理又是清晰的。

“不对，方大卫只是一个名字，”他的手比划着，“但我是谁？我已经很努力了，我努力地做企业，做乐队，我现在努力地学习瑜伽，但只有我清楚，这里——”他点了点自己的心脏，“是空的。我知道，在旁人看来，我应该满足了，我有钱，我还年轻，我几乎什么都不缺，我可以想干吗就干吗。但我不快乐——我怎么不快乐呢？”

他面朝西水河，怔怔地坐在石头上，篝火在身边迸发着噼啪声响。“嘿！”他突然笑起来，笑得莫名其妙。

“还欢喜呢，”她烦透了。她讨厌这种失控的感觉，这几乎要丧失了现实感的时刻。

“可我喜欢啊，我喜欢这样——”他将酒瓶塞入扬起的嘴唇，像是灌入另一个人的咽喉，口齿含混，“一种不确定的东西，就像现在，这种一点准备都没有的地方。”

但她的注意力完全被牵到别的地方——这时，她发现远处有什么从河面上驶来。

“那是船吗？”

他耸耸肩，将酒瓶送入口中。她紧张地站起来，绷直上身，极力眺望。当它靠近一些时，她看清楚了，也许是下雨的缘故，从上游漂来了一截长长的浮木，它在沉滞的河面上缓缓漂流，带着某种迟钝黢黑的反光。

下汉口

家里最先醒来的人总是婆婆，其次是父亲、母亲，最后是我。

这天也不例外。不过，这次我不是被他们揪着耳朵拉起来的，也不是被他们的吵骂惊醒的。总之，我一醒来就会听到吵闹。可以是为了任何一件事情。婆婆拖板车收完街上的垃圾回来，如果仍母亲躺在床上就会被咒“懒得屙血”；有时是母亲埋怨父亲没有帮她把麻袋搬到板车上。

母亲从棉纺厂下岗后，婆婆开起了旅社，但这个营生显然并不需要两个女人。有天母亲看到电影院的独眼老爹要转让自己的书摊，果断地承接下来。现在，堆在墙角的那八个蛇皮袋里的武侠和言情书，维持着我们这个家。

实际上，吵架有时根本没有原因。他们习惯了，所以我也习惯了。我躺在他们的吼声里继续做梦。可母亲在吵闹中还不忘突然扯掉我的被子，喝令我立即起床。但今天我不是被吵醒的，我觉得是身体里有一根弦把我拨响了。

这次吵架是为了带在路上的几个白水蛋。

母亲煮是煮了，但她煮了三个。被婆婆狠狠地咒骂道，

“蠢得冒烟！煮三个，哪个吃，哪个不吃？”矮小的妈妈不大敢跟她对骂。“你们一人一个，我又不吃！”“我吃？你哪次看我吃过你的蛋！”

她们争吵时，父亲耷拉着肩膀，坐在厨房门口的小板凳上，专心致志地掰拾他的单波段收音机，迎春牌的。那个东西时好时坏，所以他成天拿把螺丝刀，拆开捣弄半天，有时能行，有时又不行。于是他总这样撬来撬去，一直到收音机的各种零件和螺丝滚得到处都是。最后总是只剩下一个壳壳，和一块主板。这个收音机大概也好不了了。我一边想一边端着搪瓷碗来到后门梯坎上，对着火红的鸡冠花，边撒尿，边刷牙。院子里原来有一只大公鸡，现在它死了，被我们吃进了肚子。还有两只下蛋的母鸡，一只在院子里散步，一只被装进一个布口袋——剩下一个乌突突的脑壳在外面转来转去，今天它将被我们带到汉口去。

那三个白水蛋最终谁也没吃。被包进一个小布袋，放到一个黑色的人造革挎包。那里面鼓鼓囊囊，塞满衣服、毛巾和袜子。“蛋放在那是最安全的。”婆婆忘记了不快，为自己的小聪明乐了起来。她是那种极易满足的女人。

她们执意送我们到长途车站，这似乎是一个必不可少的仪式。路过生产街菜市场，母亲去早点摊上买了四个肉包子，我吃了一个，感觉有点腥。我告诉母亲时挨了她一顿好嚼：“哪里腥？你嘴巴腥！肉哪有不腥的！”她将剩余的包子也塞进包裹，拿一张试卷包着。

如果不是凭票进场，她们肯定跟我们到车上直到发动，可是长途车站兴检票了，她们被拦在外面，一脸沮丧。我却顿时轻松了不少，跟着肩挑背驮的父亲跨了进去，一个面无表情的登记员冷冰冰地瞟了一眼车票，扯下票根，像轰鸭子一样把我们吆上了车。

车上稀稀拉拉坐了七八个乘客，但整个车厢似乎已经被塞满了。货架上、座位下、驾驶室、走道，甚至引擎盖上都堆满了大大小小的物品。这时我才理解婆婆说的："东西实在带得太少了！好难得下一趟汉口，该带的都要带上。"可是又如她所说，家里实在是找不到什么可带的。除了行李，那只母鸡，她翻遍了整个屋子，终于找到一小袋子炒米，那是前阵子乡下亲戚用一辆二八自行车驮来的；还有就是在菜市场刚买的十五个锅盔。"谁让我们穷呐！不过，"她说，咂了一下干瘪的嘴唇，"你幺大最喜欢锅盔了！蒸肉的时候，垫一个锅盔，不晓得几好吃！"她喜欢什么就说"不晓得几好"。她总是说汉口几好几好，说得好像她去过一样。

这是我头一次出远门，也是我头一次单独跟父亲待在一起，还要挨得那么近。

不像我们那条街上任何一对父子，他从不问我"你成绩怎么不行啦""晚上你想吃点什么"或"这个暑假你想去哪儿"，从不。我相信他连我读几年级都不一定知道。我们在屋里撞见了，总是漠然地擦身而过。我也说不上为什么。我是说，以当时我的年纪很难考虑到这种问题。我刚十岁。还谈不上对他有多少了解，有多憎恶。只是惧怕，就像鼠与猫的关系，不是迫不得已，我尽量不跟他接触。

他是街上出名的酒鬼，从晚饭开始喝，可以一直喝到凌晨。有时他喝着喝着会突然哭起来，一边哭一边说酒话，问题是，我从来都没听懂他说的是什么。他哭哭啼啼的时候，我恨不得把整条街都挪走，叫别人听不到他的号啕。可街道是挪不走的。

我母亲就习以为常："他哭他的，你睡你的，当他不存在。"

可是，他明明存在呀。他不光会哭，还会发酒疯，冲着所有人咆哮，砸碎所有的碗碟，以及一切能发出声响的东西。尽管我家已没什么可扔的东西了，连大门上也有他踹过的破痕。我最怕他动手，因为挨打的总是母亲。偶尔，那种粗暴也会转移到我身上——有一回，我被他倒挂在床架上，用皮带抽了十几下。但那次他是清醒的，原因在我，我撒了谎被他捉到。

其实白天他并不是这样。他不是暴君，而是一个清秀、寡言的人。往往这时，邻居们蹲在门口笑话他昨夜是不是又发酒疯，别人戏耍时他也跟着笑，像个犯错的孩子。说起来我还从未见过他哈哈大笑。从来没有。

这时他已经病休在家了。婆婆说他之前在县里的第四机械厂烧锅炉，也就是站在锅炉前铲煤的工人，婆婆说他的胃被切掉了三分之一，铲不了煤了，就被调到纠察队去了。婆婆说到胃的时候还要拿手比画，“这么长”。我似乎真的看见那遗失的形象，就像一块完整的猪腰子。可是，无论哪份工作我都觉得跟他不符，对不上号。他太清秀了，又太腼腆了，他怎么可能铲煤和抓贼呢？总之，他现在的工作就是待在家里，无所事事。这更符合他。

相比而言，我偏向于白天的他。但总归来说，不管是白天的还是晚上的他，我都尽量避免跟他接触。当然，能够让我们接触的时候并不多。

但这次不可能了，我得紧紧地挨着他，而且还要跟他待上更久，从上午九点半开始，我们像两个陌生人并排坐在从县城驶往汉口的长途班车上。

不过，对于汉口的向往，还是远大于跟他坐在一起的不适。

我们一直在车上等到上午十点一刻，那辆深红色的长途汽车才终于在乘客的抗议声里发动了引擎，整个车身瑟瑟抖动，像是一个极为痛苦的哮喘病人。一些不耐烦的乘客兴奋起来，车厢里说话的声音也跟着提高了，因为如果不这样，他们的声音就会被那股巨大的噪声所淹没。

我跟父亲坐在第八排，正对着紧闭的车门，下面是那个低吼的发动机，这个巨大的震动器让我的肛门一阵酸麻，这是一种既尴尬又奇怪的体验。

那排座位上不只是我们两个人，这是个三人座，还有一个陌生人跟我们坐在一起。好在我坐在靠窗的位置，这样我可以一直盯着外面——尽管那里什么也没有，这一路上，所有的房子，屋顶，河塘，牛，鸭，鸡，甚至人，都是一个样的，但我必须紧紧盯着它们，我必须让自己显得对它们更感兴趣，这样我就能减少跟他说话的机会。

他边上是一个戴帽子的人，四方脸，他说自己是搞销售的，他很能吹，就连像我父亲那样的木讷的人，他都能找点话说。他太能说了。

比这更让人惊奇的是，父亲居然也能搭上几句话。比如那个人问他去汉口做什么的时候，他甚至回答说，去找自己的妹妹什么的。

当然更多时候他只是全力在应承，他跟不上那个人的思路，只能用哦、嗯、嗬之类的词来应对直到那个能说会道的人都感到索然无味。

我发现此刻坐在我边上的父亲才是正常的，因为他不像在家里那样，尽管他也不大适应跟陌生人交流，毕竟他看起来与世界上其他父亲、男人都没甚区别，甚至还有一些假模假式的神态。

还是春天那阵，幺大（姑姑）从汉口来信，是喜讯。说自己的老娘也就是我婆婆一辈子都没出过一回县城，现在她好难得分到了一个房子，小是小，但总归是个人的，盼老娘到她那里去住几天，享几天福。

“我哪里享得起那个福哦！”听父亲念完，婆婆从小凳子上起身，“那么死鬼远，汽车颠一天，只怕我的肠子肚子都要呕出来！茂堂啊，你带伢儿去。哎哟，腰疼，生炉子去了！”茂堂是我父亲的名字。

她可能觉得让他带我下一趟汉口，是对小学毕业的我这个暑假最完美的安排。因为她总是耿耿于怀前两次去幺大家我毫无记忆，一次是在母亲肚子里，一次是两岁半。要知道，能拥有一个在汉口的亲戚是很金贵的，这么亲的亲戚，就更金贵了。这是我们一家唯一拥有的一种可依靠的那种虚无缥缈的东西，对我来说，则是唯一能够拿得出手的可以向别人吹嘘的事情。

我对汉口的好感是难以形容的。每次幺大从汉口回来——当然她极少回来——也就是我最欢喜的时候。因为她多少会带回一些礼物：苏打饼干，大白兔奶糖，麦乳精，龙须酥，水果，或者是一些熟食，比如一块卤牛肉之类。都是我没见过或没吃过的稀罕玩意。

从她嘴里，我知道汉口还有更多诱人的事物，比如解放公园里的旋转木马，六渡桥的无轨电车，蜿蜒而过的长江，还有黄鹤楼下的长江大桥……我甚至无法想象那些石头是如何跨越一条宽阔的江面的。但我相信那座桥应该很壮丽，那条江则可以淹死掉我所有在小学里学的形容词。

我喜欢汉口。跟现在相反，那时我就喜欢大得无边无际的东西。

何况，我最好的朋友童伟也在汉口，那几乎是我唯一的朋友。

这条街上和我差不多大的孩子，从来不和我耍。当然，除非他们需要一个猎物，可以戏耍的一个多余的人。嗯，我就是那个多余的人。跟他们耍我占不到一点儿便宜，我知道，但是我仍然远远地看着他们，直到他们其中一个喊到我的名字。

童伟是唯一没有欺辱我的人，他总是维护我。他甚至还送给我一个他父亲自制的乒乓球木拍。我是这么信赖他，我喜欢有他在的时候。从他看着我的眼神里我感受到别处没有的那种温柔，还有安全。他像我的哥哥，尽管他只比我大半岁。可是，这唯一对我好的朋友三年前突然搬走，听说，他去了汉口。他走后，我常常黄昏时坐在门槛上，看着那个紧闭的房子。他再也没回到这里。

车出县界后，父亲第一次开口跟我讲话了，虽然简短，但声音很低，很温柔，而且难得地带着征询的意思，一点不像我熟悉的他说话的样子。“吃点东西?”他拿出那三个肉包子，面皮上是试卷上的墨迹。我摇摇头，上车前吃了一个，现在我嘴里还是腥的，闻到味道就反胃。于是他从包裹里拿出一个白水鸡蛋，剥掉蛋壳后递给我，自己则解决那些冷包子。我拿着鸡蛋，没有一点胃口。我注意他一边咀嚼着，一边将另一只手垂下，将蛋壳撒在座位下。不知为什么，这个微小的动作让我有一点羞耻。我装作什么也没看见，把眼睛侧向窗外。

过了十分钟，他才发现我并没有吃。所以他跟我说了今天的第二句话：“怎么还不吃?”但语气里并没往常的凌厉和叱责的意味。

我艰难地吞咽着寡淡的白蛋，注视着窗外。一旦房屋开始密集起来，我知道，我们马上就要经过下一个市镇了，那是一种难以形容的新鲜感，车外的人、摊点、门店，徐徐从你眼前划过。美妙的时刻。你会觉得这儿的什么都跟你所在的县城不那么一样。那些地名更是吸引你的注意。田二河——是有两条河？城隍庙，街边还真有一座庙，庙门上是描金的罗汉。

这时，车厢里的声音渐渐小了许多，对于邻座的搭讪，父亲显然捉襟见肘，那位推销员看到自己的话题总得不到恰当的回应，果断地闭嘴，假寐起来。

再有一会儿，车厢完全安静了，只有一些鼾声埋伏在四处，就像漂浮在隆隆的河流里，时高，时低。经过一段冗长的约四小时的颠簸，一度陷入昏沉和酣睡的乘客们再度骚动起来。就像他们体内有一个准确的闹钟——“要进城了。”一些人很老练地说，一些人在对自己表上的时间，还有一些性急的人已经开始翻点自己的行李了。汽车带着刹拐了个弯，我看到一块“卓刀泉”的路牌。我想象不出它是什么意思，县城里没有这样奇怪的地名。

一路上我没怎么说话，但也睡不着，那些隐隐的兴奋并未消失，它们随着车窗外的树林一路小跑，事实上，我感觉奔驰的是林木而我是静止的。

直到客车抵近汉口郊区，我的口腔里还是那个鸡蛋的味道，它似乎是楔在我的嗓子里，上下不得，让我有一点难受，我的嗅觉和胃是饱的，尽管我的身体是饿的。

好在，我们已经到了。马上就有很多的好东西可吃了。

我是这样以为的。

汽车终于上了进城的大道。

其间车子在 308 省道路口停了一会儿，有两个乘客从这里下车转道武昌。现在，从车外我能看到的事物有很多，很丰富，街市，车辆，行人，延绵的门店，那是一种宏大的让我突然觉得振奋的场景，我第一次见到街道的内容竟然有这么丰富。

又走了二十分钟，车上的女售票员开始嚷嚷。

“水厂！水厂！要下车的提前准备！”

我开始变得紧张，我问父亲：“是这儿吗？”

“不是。”他把头探出去，一边倾听售票员的吼声，一边盯着车窗外。我发现，他比我还紧张，可是他来过汉口的啊。

水厂是一个大站，客车在这里暂停好些时间，太多的货物要在这里卸下。几分钟，又开始向前行驶。此时车厢轻松了不少，车座、车厢甚至车顶都是空荡荡的。

几分钟后，售票员又报了一个站名，我没听太清楚，但是父亲紧张不安的表情——却被我看到了，我一直紧张地看着他。我着急于他为什么不问问售票员。事实上在售票员叫嚷时我小声提醒过：“你问问她？”他“嗯”了一声。

“不是这站。”他收回投向窗外的视线，如释重负。我也看见了外面街道上的地名：唐家墩。在幺大写的那封信上，曾指示我们应该在哪一站下。显然，我记得她所写的不是“唐家墩”。

从这一刻起，父亲一直焦灼地注视着窗外，似乎在尽力搜索着可能的讯息。又有四个乘客在这里下了车，我也怀着那种焦虑——眺望他们离开，混入浩浩荡荡的人群，瞬间就再也找不见，被这座城市所吞没。

我很想大声叫出来。“我们到底在哪儿下”或者“你去问问售票员吧”，但我没说，这点我太像他了。

这也是头一次我发现他其实并没想象中那么粗暴，相反，他甚至不敢上前去问询那个胖胖的女售票员。

车子陡然摇晃了几下，继续往前行驶，他呆呆地盯着窗外，看他迷惘的神情，我知道他其实一无所获。

我的腿因为紧张而有些麻痹，我将它们卸下来，搁在车道上。我满心焦急却不敢说什么，父亲把我感染了。我盯着那个售票员，她在跟驾驶员说些什么好笑的事，咧着嘴哈哈大笑。

下一站，她报的名字，不是幺大写的那个。

下下个站，也不是。

父亲终于忍不住了，当汽车再度停靠路边，他犹豫了几秒，突然站起来，慌慌张张地带着我尾随几位乘客下车了，他是被一种绝望的压迫感驱赶下去的。

可我明明知道我们不应该在这里下车，至少不是这一站。只是我也没说。其实我很想上去，对那个胖女人说："麻烦您，我们要到永清街，应该在哪一站下车?"这句话我在心里至少默念了二十多遍，还是没勇气说出来。我想他应该也是。

黄昏时，我们像游魂一样在人行道上走了两个多小时，沿着宽阔的解放大道往一个不知道的地方走。他在前，我在后，他走得很快，我必须用尽力气才能跟上他的步子。

自我们下车后，他一直没问过路，一次也没有。

他背着两个蛇皮袋，里面是一只六斤重的母鸡，一袋炒米，十五个锅盔；另一个则是我们的换洗衣服，以及两套厚厚的书，金庸的《鹿鼎记》和《天龙八部》。是从母亲的租书摊上拿的。我也提着两个布袋，我甚至忘了里面装的是什么，也许有一条旧毛巾（我们家从来没新毛巾），但绝对没有牙刷（这不可能），不重，只是两个袋子分量不均衡，我必须经常换手才能让自己舒服一点。

其实，如果父亲不是总走得那么急的话，在汉口走几个小时也不会很累。这儿的感觉是不一样的。街两边都是店铺，五层左右的楼房，远处还有更高的。数了数，吓一跳，妈呀十几层！街边房子大多涂成深红色，墙壁上有很多广告，甚至镶了霓虹灯。

走着走着，父亲会停驻在某个巷口，想一想，看是不是记忆中的那样，然后拐进去。这些里巷就像一个个迷宫一样，但最终这些巷口都到不了那个我毫无印象的永清街。他会失望地从另一个巷口走出来。我知道他又认错路了。

但我隐约知道那个永清街也许就是这个样子的。因为我们穿过了差不多十个里巷，每个里巷似乎都是一模一样的。甚至那里居住的人都是大同小异的，门口搁着竹凳，上面摆着同样的红金龙香烟，或者同样的黄鹤楼酒瓶，深褐色的竹床随意地竖立在楼道，靠着被油烟熏得发黑的墙壁上。在巷子里，我看到的那些中年妇女都是相似的，踏着拖鞋，穿着宽大的白色或花点的连体袍子走来走去，裸露的肉体肆意地从胸口、袖口和裙底流淌出来——很久以后，我才知道那是睡衣。

最让我难忘的是那些盒子一样整齐的单元楼房里飘出来的油烟味，很香，香得让我的胃一阵痉挛。我花了很长时间才分辨出那是酱油的味道。可我们家的酱油为什么从来没这么香呢?

我们经过了无数的行人和住户，每到一间打开的门，我忍不住向里面张望一眼，兴许童伟就住在这里呐。

自始至终，父亲没有询问过任何一个人。经过每一个路口，每一个治安亭，每一个戴袖章的人的时候。

天黑了下来，我听到从暗处飘来《新闻联播》的旋律。

现在，这个城市就像被上帝拨动了开关，我发现自己仿佛置身于奇幻的灯火世界，天穹是黑漆漆一片，但我四周都是灯光，不均衡的灯光，照耀着眼前的一切。包括阴影。那些五颜六色的霓虹灯次第燃放——再没有比这更叫人激动的时刻了，我甚至已经忘记自己在一个大城市里迷失了。

我们已经在晦暗中走了很久。父亲没有表，他的一块梅花表早就被拆得只剩下表盘了。对于他来说，时间是最无所谓的东西。

《新闻联播》已经结束了很久很久，路上的街市慢慢阒寂，路人越来越少，我们走的这条街上，霓虹也隐没了，只剩下枯燥的路灯。在绝望的时刻，我们眼前出现了一道长长的铁栏杆，里面有亮光，可以看到草坪和高大的树木，还有影影绰绰的建筑。不知为什么，我隐隐觉得应该要到了，就我们的路程和花去的时间而言，走到北京似乎也应该快了。

“累不累？”

他突然问我，声音很低。好像那神奇的路灯使他变得跟以往不一样了。

“饿不饿？”他继续问道。

我还没来得及回答，但我的肚子已经回应了：“咕咕咕”。

他笑了，这让他的脸颊看起来居然有了一点温柔。

“再过刻把钟我们就到了。”

这句话有非比寻常的笃定。我鼻子一酸，差点哭出来。我饿得已经不行了。走了至少五个小时，路过了各种各样的小吃铺子，饭馆，面馆，我们路过了热干面的芝麻味，牛杂面的香气，焦黄的欢喜坨，排列得整整齐齐的锅贴。他从不曾向它们瞟上一眼。他不吃任何东西，于是也不问我是不是需要吃什么东西。他就这样走着，而且走得那么快，仿佛我们来到汉口就是为了走上这几个小时，为了这个盲目的路途。

几分钟后，他回头，声音里有一丝兴奋。“你看，到了！”

我朝他指向的街对面看去，就在铁栅栏的尽头，高高的石头门楣上，篆刻着几个大字：“解放公园”。

幺大家在离解放公园不远的永清街，这是我们全家都知道的。

可我们还是又走一个小时的弯路才找到那条街。我们是怎么知道的呢，因为看到了那栋街上的坐标——八路军办事处遗址。

三十年之后，幺大居然也还记得那晚。

前阵子，她也不提前招呼，突然来到重庆我的家中。本来，她那个老年打鼓队要去贵州参加一个婚礼，可是她执意要邀请伙伴们“顺路”来重庆逛逛，看看她那神奇的侄子，原以为要吃一辈子牢饭的，七拱八拱，居然成了文化人，当了什么杂志的主编呢。十几号人呼啦啦就来了，一点不客气，满满当当地占领了我的房子。三个房间四个空调全开起，阳台上、卫生间、卧室、客厅，到处挂着湿哒哒的换洗内衣。退休让她变了一个人。这老太婆宁可满世界穷游，也不愿安静在家待着。

晚饭后，我们离开闹哄哄的家去小区里散步，在浓烈的黄桷兰香味里，我们很自然地提到了父亲，然后我说到了那次下汉口的事。她居然还记得清清楚楚。

她说那天上了一整个白班，睡得正香，梦见有人敲门。“敲得那么鬼轻，我还真以为是做梦呢！”

“哪想得到嘛，”她轻轻叹气，“你爸爸，就是不喜欢说话。”然后愤慨起来：“从来就不晓得问个路！一个苕！”

但对我来说，那晚之后的记忆完全消逝了。我曾经那么期待的在汉口的每一天，每一件事，每一样食物，都不记得了。我偏偏记得这趟路途，它如此深刻地烙在我的记忆里。

直到父亲去世，我们再也没有这么单独而紧密地走在一起。尽管有过那段独处的时刻，也并未对我们恶劣的对立关系有任何促进。

初二下学期，有天夜自习归来，我看见他又喝醉了，站在高高的台阶上，眼睛鼓起，逮着一个无辜的过路人骂骂咧咧，手指头在黑暗的光影里划来划去。我扔下书包，横在他面前，恶狠狠地盯着他。他用同样凛冽的目光瞪着我。我们瞪了一会儿，他咆哮着，劣质高粱酒的味道全部喷到我脸上，“瞪着我干吗？你还想打人?！”我说你回屋去。“你还活得不耐烦了！给我滚！”我昂着头，“回屋去！”他的手指探出来，点着我的额头，犹如某种粗重的打桩机。“老子打死你个小杂种！”“你再不回屋我就动手了。”我拼命克制自己但身体在瑟瑟发抖。他讶异了几秒，手指头又粗野地点过来。婆婆突然在旁边说：“就打你！伢儿，捶他！捶他狗日的！”于是，我的拳头就迸了出去——那天，我们的纠斗以他流血而结束。我跑进厨屋拿了一柄火钳刺伤他的手掌，血滴得到处都是。他感觉不到疼痛，但紫色的血让他的酒醒了。那年我十二岁，已经长得像个大人了。

我们这一生都在对抗。

我一直梦想着逃离，并且成功了。

我们的关系稍微缓和，是在他死之前两年。那时，一场重症冠心病让他的脂肪不翼而飞，体重骤降到六十斤。他是陡然衰败的。

二〇〇九年，春节结束不久，他死了。六十二岁。他是以一种残酷的方式离去的，对我们这些生者而言——在医院，他脆弱的血管由于承受不了那个寒冷的凛冬陡然爆裂，身下的被褥被血浸透，在血泊中他清醒地躺了整整一晚，然后他说要回家。翌日早晨他被送往家里，随后血尽而死，但一直不闭上眼睛。母亲说他是想等我回来。我的不幸在于目睹了一段视频，时长三分五十七秒，表弟用手机拍摄的。他在血泊中安静地蜷曲着，眼睛睁开，不知在想什么。我握着手机，浑身战栗。自那时起，我便一直思索这个问题：

他是谁？

他为什么会是那个样子？

可是，唯一握着答案的人已经死去。

但我一直记得那次路途。我们一块儿去汉口，他带着我在那个城市迷失了几个小时，那是我见过的那个酒鬼为数不多的清醒的时刻。

聋哑人集会的地方

李大同第一眼见到宝圣湖的时候，就觉得这是自己要找的那个地方，在这里死去他是满意的，这是再好不过的归宿——要是归宿这种东西真的存在的话。可他要攀上桥栏时，一个女孩在背后轻轻拍了拍他的肩膀。

两天前，礼拜一。上午母亲透析，他一块去的。这几天有点腹痛，大便糖稀。班长带他做了血测和造影。中午结果出来了，“肝部有阴影，建议增强扫描”。班长二话不说，开车拉他到肿瘤医院，做了一套增强核磁共振成像。这次，他看到诊断结果下方有一行陌生的名词——“胆管细胞肿瘤”。

班长跟杨教授在诊室里私聊。他尖起耳朵，隐约只听得一句，“是啊，三十六岁……”他坐在外边的休息椅上，掏出手机百度了一下，顿时就像被人从后面敲了一闷棍，气喘不上来，差点就昏厥过去。事实上，班长非要带他到肿瘤医院时他已经觉得隐隐不妙，但事情远远超出他所能想象的范畴。不同于其他常见癌症，这种病往往早期没有症状，一旦发现，基本上就是晚期——真正意义上的绝症。

他挺起身，尽力让自己坐直了。但不知哪里来那么多汗水，顺着头皮、后颈、背脊，一个劲地流，袜子里也是，脚像泡在水里。

一会儿，杨教授请他进去。

他问，我这是不是晚期？

杨教授没直接作答，说这个还需进一步复诊才能确定。

他说，我在网上查了，手术的话，三年生存率只有10%。

杨教授说，也不能这么说，个体不同，超过五年生存期的例子也有。具体情况等复查后再说。

如果不手术呢？

班长抢着说，怎么可能不手术呢？

他瞪着杨教授。

沉滞半秒后，教授说，如属晚期，通常情况下，半年吧，不到一年。

您给我先开点药吧。

那反而简单了，他想，这个病没法治，不值得治，治不治都一个样。当然，也没这个能力去治。

随后，杨教授又说了一些什么，但他基本上没再听得进去——脑子嗡嗡的，不是一只两只蜜蜂，起码上百只。

回到家，他发现浑身都湿透完了。他把自己关在卧室里，把湿淋淋的衬衣和牛仔裤脱了，内裤也脱了，赤条条躺在床上，很清晰地感到有一种很轻很微小的什么物质随着那些汗从体内蒸发而去。应该是魂魄吧。

一整晚他把灯开着，他第一次憎恶黑暗，闭上眼睛——仅这个动作——便让他畏惧。同时他第一次感到时间的存在。墙上的秒针每走一格，都意味着消逝。单向的不可能回来的那种消逝。

他想了很多，杂乱的，毫无头绪的，各种各样的。清晨五点左右他终于因为疲累而睡着了。中午，他忽然惊醒，腹中空空但毫无饥饿感。他坐在床上，脑子是含混的，一种强烈的虚空团团包裹着他。一方面，精神上他就像是被抽空了，一方面，他自己的躯壳让他感觉很累——尽管他全身赤裸——就像背着一张沉重的网。死究竟是什么他不知道，但等死的滋味他品尝到了。这比死还不好受。那么一瞬间，他只想干一件事，找个解脱。他抓起车钥匙，就这么恍恍惚惚地离开了家。

他驾着车四处转悠，没有目的，不赶时间，也没有载客的责任。拿到驾驶证十几年，这是头一次，他为自己开车而不是为别人手握方向盘。

他到新建的中央公园转了一圈，觉得没什么是他想要的。印象中渝北有个人工水库，于是他去了水库——那里水域宽阔，很美，符合他的感觉。可岸边都是垂钓的人，某个钓友会在那组织活动。随后是玉峰山——十年前他来过一次，跟艳芳第一次牵手，就是这，公司组织的团建活动。那是春天，山花很香，山壑秀美。这次他上山，发现那些记忆根本找不回来了——他甚至都找不到当初那条路，当初的羊肠小道如今被崭新的盘山公路替代。他坐在山间，呆呆地歇了一会儿就下山了。这儿对他没有意义。之后他随意拐弯，任意游弋，但车头不自觉地朝着家的方向，他极力抗拒。最后，行驶的车辆在傍晚时作出了它自己的选择，走到了一条他从未来过的湖滨公路上。驶入这段时，他简直震惊了，这条路竟如此之美——笔直的路面，一侧是斑斑点点的湖水，一侧是山崖，道路两旁的小叶榕也不知是何时种下的——至少有六十年以上——树冠在空中连成一体，浓荫蔽日。老实说，跟它相比，即便中山四路也不过如此啊。可是它甚至没有名字，他也从不知道它的存在。包括这个湖，他在这座城市出生，都不知道居然还有这么璀璨的自然湖泊。他甚至以为，重庆根本就没有湖，也没有一条河，正因如此，主城里生活的人们惯于把两条环绕的江称为“河”。而那个湖，就在自己眼前，在脚下——湖边安静得像是死去，又像是刚刚苏醒。路上很难看到行人，偶尔有一辆车飞驰而过。然后，一切重归静止。他想，除非必要，恐怕不会有人绕行到这里。这似乎就是他心里在寻觅的那个地方。他将车靠在桥头一侧，站在桥上，居然看到两只白鹭在湖面上掠飞。那一瞬，他被某种说不清楚的东西感动了。他站在桥上，久久凝望着湖水，心里舒服极了。在底下，它们细碎地，微微地，就像其实具有一种美妙的生命一般。

就是这里了，要是死在这也是挺好的。然后，他将手搭在桥栏上——

但是，一只手轻轻拍了一下他的肩头。

“不好意思，”一个高挑的女孩——有点像年轻时的梁咏琪，清汤挂面般的头发，瞪着黑亮的眼睛——问道，“那是你的车吗？”

他自己也无法理解的是，为什么会接这么一单业务。

她急着去南岸滨江路。她等了很久，没有一辆出租车经过这条道上。至少不会有空车。她叫了网约车，无人接单。他很理解那些同行，除非是疯了，在晚高峰时，有谁会绕到这条僻静的小路来。于是她只有来求助于他——他的车身上，印有××专车的字样。

他载着她离开宝圣湖，行至内环高速时，她突然冒出一句：“有没有人说你车开得很好啊？”

这时他已稍稍平静下来，重新握着方向盘的感觉也让他脑子复苏了不少。与梁咏琪还是略有不同，她是单眼皮。

好像还真没人说过，他告诉她。再说，一个司机，车开得好仅是本分。

“不一样，是让人觉得安全的那种好。”

他苦笑——但总归是笑了。那一瞬间，他有了一点点活的气息。

随后她又说：“你这人有点怪。”

这话让他放松的心又僵硬起来，以为她指的是刚刚自己将要做的那件事。

“别人车里都挂吉祥物，你挂一张照片，”她指着车内悬挂的心形小相框，“是你小时候？”

那张老照片是接新车后他特意挂上去的，拍摄于一九九一年——是母亲牵着他在留真照相馆拍的。

“是的，和我妈。”他下意识地瞟了一眼，母亲笑盈盈地注视着他。这一瞬他彻底醒了。

到达目的地，她用手机转账后，问他待会能不能带她回去？

“多久？”

“一个小时。”

想了想，他说好吧。

她下车后，他突然感觉到饿了，很深刻的一种饥饿感。

他开车拐到一条巷子里，在报业集团印制厂的门口，吃了一大碗豌杂干馏小面。

小时有一次他跟着街上的孩子去捉蛐蛐儿，晚上他们走了很远，在靠近城郊的一处水溪边，蛐蛐儿叫唤得很欢，那晚没月亮，黢黑一片，他逮着一个声音，跟着它慢慢移动，不知怎么就跟同行的孩子走散了——也许他们根本是故意的。总之他被那叫唤声强烈地吸引了，但它始终有办法在他下手之前跳开。后来他在追逐时掉进了一个窟窿洞里。现在回想起来，那个洞不算深，大约只有一米五高。但当时他吓坏了，只知道哭号，呼救，却没有任何回音，甚至也没试着伸手——抓着土壁上的藤蔓其实就能回到地面。半夜时，母亲打着电筒寻来将他拽了出来。那晚上，他吃了整整一锅面条。

吃完这碗面，那种似曾相识的满足感又回来了。就像在暗夜里突然看到电筒的照射，就像死了一次后又活过来。活着就是赚啊。

他将车停在原地，不一会儿，她从黑暗中走过来，钻进车里。回程时，她像换了另一个人，疲惫，低沉。当时他很不理解。后来他知道了。

回到家，母亲已睡着了，蜷在沙发上。茶几上是她做的菜和汤。她不知道他发生了什么，更不会知道他差点点就不再回来了。如果真是那样，她该怎么办？他将毯子拖到母亲身上，动作很轻。

她睁开浑浊的眼睛。“收工了？”随后她挣扎着爬起来，“你还没吃吧，我给你热热。”

他拦住她，将她揽在怀里，轻轻摇晃。

“妈，明天我开车带你出去耍吧？”

“啊？”母亲一时反应不过来。

“白市驿花海开园了，听说很漂亮。”

母亲顿时欢喜起来，又不相信。“你不跑车？”

“明天休息，”他补充说，“以后每星期，我们争取出去耍一天。”

“啊呀，真的啊。”她像个孩子那样，翻箱倒柜，收拾明天的衣服。

看着快活的母亲，他有点愧疚。父亲开了一辈子车，他也是。但父子从来就没完成过一次母亲的心愿——专门开车带她出去旅行。哪怕一次也没啊。

接连几天，李大同更加拼命地跑车，就像跟一个看不到的阴影竞赛。每一天都不能浪费，每跑一天，就多挣两次给母亲的透析费用。

礼拜六，午睡醒来后，李大同接到一个陌生电话。

“你好啊，大叔。”

听到声音他就记起来了，是那晚那个女孩。

“你怎么有我的电话啊？”他有点意外。

“今天心情好一点没？”她却说。

“挺好啊。”

“那就好，不知道能不能麻烦你再来接我一趟？”她说，“呃，我的手机号就是我的微信。”

挂了电话，他加了她的微信，她叫余小渔，有点绕口。他明白了，车里有一张号码牌，她记下了。

从两路他的住处开到宝圣湖需要十七八分钟。这个点不堵，但他习惯尽量留足时间。宜早不宜晚，就接送乘客而言，是这样的。

重庆这座城市很随意，轻轨可以从小区楼底穿过，停车场可以建在高楼天台上，火锅可以在洞子里烫，汽车可以在天上跑。这里的人很江湖，地名也往往直白。比方说，“解放碑”，既是实物，又是泛指——说解放碑到了，但可能要走断腿——渝中最为繁华的那数十条市井街道都是解放碑。沙坪坝的双碑，是路口有两块石碑。当然最为简约的，还是南岸的四五六七八九公里，以海棠溪车渡码头为0公里开始计算的，每增加一公里，就是一个地名。

两路——不是渝中区的两路口，很多外地客人总将两者混淆——也是如此，原是渝北老区府所在地，距市中区较偏远。早前从渝中、江北方向来此，只有一条路，弯弯绕绕，上坡下坡，兼要穿越各种生活区域和小道；后修建了内环高速，大大便捷了与主城的沟通。起初，私营中巴——当然，对市场总是私人的嗅觉更灵敏——也就是那些黑车司机喊客时，喜欢扯着嗓子叫“两路，两路!”，不知不觉就成一个正式的地名了。总之就是两条路的意思。现今都走高速，老路生僻冷清起来。宝圣湖呢，就在这段老路的中段。沿着这个湖，也有分岔，一条路顺坡笔直而上，另一条路左拐沿湖边蜿蜒而出，走完这个湖，再爬一个很陡的山坡，就到了工业园区的边上，老城镇与新兴园区的杂交之地，一片蓬勃的城乡接合部。

余小渔说会在宝圣湖公园门口等他。

一般来说，人们的惯性认识里公园多是封闭的，面积颇大，园林景观曲折通幽，设施和游览内容完整，甚而干脆就是城市地标。譬如景山之于北京、越秀之于广州抑或厦门中山公园。可重庆是不一样的。平地少，环境有限，往往就在螺蛳壳里做道场，利用一些犄犄角角做文章——说是公园，不一定比菜市场大出多少。前几年，市政部门把宝圣湖清淤后，修建了蜿蜒的步道，道旁栽种了一些花卉和灌木，间或安置一条石凳、没有门头，亦无门尾，只是在桥头一侧的平坝子上立了一块木牌，上面是几个机打的篆体字：宝圣湖公园。

李大同到得比约定时间早，但她更早，已站在这个木牌前面候着了。

小渔坐上车就说，今天有没有什么好玩的事啊。

他轻轻笑了笑，还真有。

中午，他在德庄大酒楼拉了一位喝得有些醉意的中年客人，有人已经给他付账了。可到了目的地——龙湖西苑之后，他突然说，师傅，等等，我要去看看我妈。于是他清了单，又带他到大竹林的江与城小区。下车时，客人问多少钱，他说您看着给吧，给个三十就行。客人不懂什么是支付宝，拿出一百块钱，但他身上没零钱。他有点无奈，就说算了，这找不开，我也不要了。那个人也犟，说我又不是骗子，不要不行。两人将了一会儿，那人说，要不这样。你也不用找了，但我有个条件——只要你说一句，祝我妈妈健康长寿。

“你说了吗？”小渔问。

“说了啊，”他认真地说，“要是别的什么条件，或者别的什么话，我也不干啊，大不了这钱咱不要了。但是，祝他妈妈快乐长寿，这我乐意啊。我不知道他妈是谁，就祝愿天下所有母亲都健康就行了吧。”

小渔笑得前俯后仰的。

他也跟着笑，笑声是会传染的。

跟上次一样，这次她也要求他载她回去。他没什么犹豫就答应了。

回程时，他问，你让我来接，这没问题，但为什么非要我等着，一块回程呢，打车也很方便呀。

她就说，我想有个人在等着我。

有什么不一样吗？

就是不一样啊，因为我知道你在等我啊。

他瞟了一眼这个女孩说，你还古怪呢。

实际上，他心底是非常满足的。

一星期后，上午李大同送母亲到医院，在停车场取车时，班长突然车后转了出来。他勾着车钥匙的手僵在胸前，场面有点凝重。

那次，从肿瘤医院出来后班长就与他失去了联系——他能够理解。他不是一个小孩儿了。

班长说，找个地方坐坐？

好嘛。他说。

他们在街对面的尘缘咖啡屋找了个靠窗的位置。一年前，跟班长重逢时他们就是坐在这里。

那天，李大同顺路到渝北中医院去接母亲回家。他不想等电梯，径直走楼梯，埋头往上攀爬时，班长正好下楼。两个人猝不及防地撞见了。她轻唤道，“大同？”抬起头——没花多少时间——他就认出了她。虽然缺失了印象里那副无框眼镜，但脸颊上那对酒窝、那玲珑娇小的身躯，如同海浪一般蓦然就将她从记忆之海里推搡了出来。

当天中午，她和他在尘缘咖啡屋吃了顿便餐。不到三十分钟，但聊的话题很丰富。毕竟快十五年没见了。

班长是七年前来这间医院的，在宣传科。主要原因嘛，孩子在渝北读书，就在渝北置业了，选这儿来上班，是为图个方便。班长那个小区他知道，龙湖的，高端洋房。他觉得这工作也挺符合她，她是那种热心人，高中那会就这样，不然怎么连续当三年班长呢。

他也介绍了母亲的情况，尿毒症——已经四年多了。

“可是，”她不解，“你不是一直住在市中区吗？”

李大同如实相告，母亲患病一年后，他离了婚，搬到母亲住了几十年的分配房。母亲每周要透析三次——老房子附近不通公交，就诊十分不便。后来他将旧房卖掉，用那笔钱在渝北按揭了一套二手的小两室，五十多平。一个是北部空气比城区好，有益于养病；另一方面，小区离中医院近，出门就是公交，才一站路。母亲独自也能往返，省事。

“听说你在公交公司?”班长问。

“没在了，工资太低。”

“现在呢?”

“除了开车我也不知道能干啥，”他掏出车钥匙，套在大拇指上，“还是开车——网约车，去年贷款买的，挂靠在公司名下。收入要强一些，也方便照顾老妈。”

“那个女人——”提起他的前妻，她有些愤愤不平，“也太狠了。”

“不怪她。”

“你就是太心好。”

“事实就是嘛。”他实话实说，“换作我是她，我也待不下去。”

“没事儿，”她似乎是想刻意安慰他，“现在不挺好嘛，就当换了一种新生活。”

“我就是这样想的。”

确实，那时他是这样想的，新的环境，新的家，新的方向盘——一个新开始。

服务员将餐盘放下转身离开后，班长从挎包里掏出一张储蓄卡，轻轻地推到他的面前。

“什么意思？”他问。

“钱不多，”班长说，“这几天我想了又想，你必须做手术。”

“我不能要。”

几天不见，班长明显憔悴了许多——他觉得自己让她操心了。他有点自责。如果那天，没让她带自己去检查，也许她心里就没这么多包袱了。有个事情他印象很深，一天他听到交通广播里有位听众诉说，他陪着一个朋友去爬山，吭哧吭哧爬到山顶，那个朋友冷不丁跳崖了。四五年了，他始终走不出来——他一直问，到底为什么朋友要拉上他一块去爬山？究竟自己做错了什么事，非得让他目睹这个悲剧？班长大概也是这样吧。

“你不能对自己这么不负责任，”班长说，“钱可以想办法，慢慢凑，但病不能拖。”

“钱是个问题，但问题真的不在这。”他说。

大前天，他拉了一个北京来的客人，那个人很健谈，聊着聊着，不知怎么就说到了自己的事。

他是个艺术家，搞油画的，二〇〇一年在宋庄建了个工作室，也不愿结婚，与一个比自己小十多岁的女孩在那同居着。有一天，他感觉下腹坠痛，心想是不是性事频繁的缘故。他去了医院，结果脸都吓白了，前列腺癌，中期。到了预约手术那天，他突然就非常恐慌，对即将挨刀子这个事害怕得不行。不知怎么想的，他仓皇地逃了，回家收拾了行李，离开北京到了大理。他在网上收集了大量的土方子和案例，归结出来几个关键点：空气、食物、水，以及恰当的保健手段。他想自己来试试。他借住在深山的农户家里，喝天然的矿泉水，告别油荤，改吃当地的杂粮，每天在石砾道上裸足行走两小时，坚持爬行、做经络按摩。三个月后再去复查，癌细胞还在，但并未扩散。他在山上长久住了下来，“你知道怎么着？”那人伸出两个巴掌，“十年了，它还在，但我也在。”

“瞎说吧，”班长被他的奇谈怪论吓了一跳，“别人随便摆个龙门你就信啊？”她说，“我在医院这些年，从来没听说谁自己把自己给治好了的。”

“不是治不治好，”他更正道，“我觉得他有一点说得很对。癌是不可能治愈的，但可以试着与它共处。再说，与其倾尽所有，没有尊严地苟延残喘，还不如保持快乐的心情，利用现有的时间，赶紧把要办的事情都处理清楚了。——你记得老苏吗？”

班长点点头。老苏是他们隔壁班同学，去年过世了。前年检查发现肠癌，立刻做了切除手术，都以为没问题了，但半年后，癌细胞卷土重来——转到肝上。

“我老是想，要是不做那个手术，要是老苏没去做那个检查，兴许他还活蹦乱跳的。”

李大同把银行卡捡起来，放入她的挎包。

“你啊你，”班长摇着头，叹道，“就没见过你这么古怪的。”

古怪？未必。但那种因为彻底丧失而得到的平静——确实是真的。尤其是，当小渔坐进副驾驶室的时候，他甚至还会有一丝愉悦。说不清那种感觉从何而来。

他和小渔俨然形成了一种默契的伙伴关系。一般，她先要在微信上提前告知时间，他总会按时到来——在湖滨公园的那个入口。然后，他再负责将她送回原处。

对他来说，她犹如一种节日。跟她在一起很轻松。而她也很善谈。尽管表面上她是那么冷漠的一个女孩。但当她开口说话的时候就有那种调动情绪的能力。有些事情就是这样，说不清白的。

这天，他载着小渔到江北，快到新牌坊转盘前，车河突然停顿下来。

她掏出手机翻看高德地图，上面有长长一截红线，“前面堵死了。”

这不是高峰期，只能是车祸。他攥着方向盘，抻出头，但不可能看到什么。

“哎，你说，”他突然有点焦虑，“一千年以后这里会是什么样子？”

她望了望前方。“应该不堵车了。”

“为什么？车总是越来越多啊！”

“因为油太贵，比车贵多了。”她说，“两百年后，地球上可能已经没有石油和煤炭了。”

“从哪儿知道的？”他觉得有点惊奇。

“看书啊。”

“我不看，”他惭愧地说，“老实说，我身边也没哪个人看书。”

“倒也是，”她说，“一千年后，纸书也应该是奢侈品了。”

“你知道得真多。”他竖起大拇指。

“其实你是想说，我很分裂。”

“没有没有，”他问道，“平常你都在家看书？”

“也喜欢看电影，追剧。”她说。

“全都是自己要，太沉闷了。就没有一点生动的，有趣的，符合你们年轻人的爱好？”

“有趣的？”她想了想，“还真有一个——宝圣湖那有一座下沉式的广场，每周五傍晚，都有很多聋哑人在那聚集，不知道他们从哪儿来，为什么来，在那里扎堆，我喜欢坐在他们当中，听他们说话。”

“听哑巴说话？你懂哑语还是会打手势？”

“都不会，”她说，“但我有时也能听懂一些。聋哑人的集会你见过没？”

他茫然摇头。

“单独的一个聋哑人，跟一群聋哑人，那是不一样的。”

那能有什么不一样？他想。

“如果你远远地看，会以为他们似乎在争吵什么事情，说话声很大，很激烈，要是你走到跟前，他们只有动作，但没声音，一点点，一点点声音都没有。远处你看到会觉得那是很剧烈的什么事，其实他们也许就是在‘说’一些很家常的话，比如你儿子怎么怎么了，你妈妈的腿好点没有啊。就是这些……”

他听呆了，一时反应不过来，也不知道她到底想说些什么。

“我确实不懂这个乐趣在哪儿。”

“很有意思啊，”她笑了笑，“你呢，又喜欢干点啥？”

“我啊，”他说，“我是个无趣的人。”

“说嘛。”她催促道。

李大同还是说了。

他不喝酒，不抽烟，偶尔打打麻将——也是好几年前的事了。也许如此，没什么朋友同他往来。很长一段时间，陪伴他的是一些废弃的汽车配件、残片和牌照。每当听到哪儿哪儿要淘汰旧车，他就找过去，用螺丝刀撬一部分，带回来，编号陈列在工具室（在阳台上自己搭建的一个小空间）。除此还有一部分车模——大多是他自己动手仿制的。比如世界上第一辆宾利，第一辆宝马，第一辆奔驰，都是自己制作的，虽然做工很粗——那是他准备送给未来的儿子的，但妻子一直未孕，说不清是谁的问题。他最心爱的一件模型，光制作就花了两个多月，把崭新的冷轧钢板剪裁、焊接、上色、做旧、吹干，终于完成了一件三型铰接式无轨电车，那是七八十年代重庆很有名的2路电车。——但他没告诉小渔，这“莫名其妙的爱好”一直被妻子抵制和憎恶。

“我觉得挺有意思。”小渔说。

“真的吗？”他就像得到一种奖励一样。

“真的，”她说，“难怪，我第一次坐你的车就感觉不一样。”

他来不及分辨她的语意，前面，车辆开始动起来，喇叭声在后面此起彼伏。这段路上，人人都已经等得太久，等得不耐烦了。

十多天眨眼就消逝了。身体状况虽然暂时尚未发生什么特别的变化，但他也意识到，自己的精力有点不如前了，有时会有强烈的疲惫感，气力虚弱了不少。他知道，它在体内，它在活动，就像一只耗子，在他的客厅，在他的厨房，在他的卧室里肆意地游走，偷盗属于他的某些东西。

又是礼拜一，李大同清晨去了肿瘤医院复诊取药，复查结果暂时还拿不到，但新情况又发生了。杨教授拿着他的影像报告，指着上面的一个模糊的黑块说，这儿，胆管堵塞了，要尽快手术。

他犹豫了一秒，说我考虑一下。

杨教授冒火了，说这还有什么考虑的，不做支架引流——你考虑的时间都没了。随后他在桌上翻了翻日历，上面密密麻麻地记载着各种信息，“就定在本周吧，礼拜六！”

这突如其来的意外打乱了他内心的节奏。

出了医院，他在车内坐了一会儿，也没心思干活儿，径直回了家，给母亲做饭。可是，他手忙脚乱弄的几个菜算是白费了，做了三个半小时透析的母亲毫无食欲，扒了几口就挪到沙发上恹恹地靠着。如果要活着，她还得承受更多，但她自己其实并不太清楚。

他有点委屈，也很疲累，但先得收拾狼藉的饭桌——把剩菜套上保鲜袋放进冰箱，碗碟收入水槽清洗后放回消毒柜。回转来扯起垫在餐桌上的报纸，卷成一团，塞进茶几边的垃圾桶。然后回到卧室，准备眯一会儿。摊在床铺上，从裤兜里摸出手机，发现有条未读微信，是半小时前——那时他应该在厨房炒最后一个菜——小渔发的：“能来接我吗？两点半。老地方。”

看了看时间，一点四十七。他回复：“收到！”

她很快回了一个 OK 的表情。

他闭上眼眯了一小会——就在觉得将要睡着时——不知哪根弦拨了一下，瞬间就警醒了。挣扎着从舒适的瘫软里爬出来，将手机重新揣回裤兜。客厅里，母亲双手搭在沙发靠上，眼睑低垂，电视上在重播一部《生活麻辣烫》，这部剧她至少看过两遍以上。他轻手轻脚提起茶几旁的垃圾袋，开门时，母亲突然浑噩地开腔，“要出工啊？”他收脚“嗯”了一声。她又说：“记得跟你爸爸早点回家哦！”他抓着把手呆了一秒，拉上门走了。

“刚刚，我妈说让我跟爸爸早点回家！”拐入宝圣大道时，李大同告诉小渔。

她坐在副驾上，不解地看着他。

李大同苦笑：“我爸早就死了，我六岁那年。”

“哦。”小渔没笑。

“我就是觉得有点怪，她跟我继父生活得更久，感情也还行，但她偏偏老是想起我爸，”他摸了摸后脑勺，“我继父也过世了，前年的事。”

“这是老年痴呆的症状。往往是越远的事情，就越是记得清楚，”她深吸了一口气说，“可能，她得病也跟你继父去世有些关系。”

“你怎么晓得的？”李大同有点意外。

“我爸也得过这病，阿尔——”她思索了半秒，“阿尔茨海默征。”

“大前年，春节的时候，我们一家到郊区走亲戚，中午吃完饭，我们留下来打牌，爸爸坐不住，说要先走，”小渔表情严肃起来，“结果，晚上我们回家，发现他没在。”

“你爸？”他忍不住狐疑地瞟了她一眼，问道，“多大年纪？”

“得病那阵，他五十四岁。”

“啊，太年轻了！”

“这就是命运，不是你选择了它，是它选择了你。”她继续回忆道，“我亲戚家门口就是公交站，坐七站就到我们那条街，就是这么没有道理，他就把自己走丢了。我们找了一整个通宵，沿着那条公交线，上上下下，每个站点周围，都找了个遍，就是找不到。”

“后来呢？”

“第二天，我们又找了一整天，一直到天黑，还是没找到人。”小渔仿佛陷入了回忆当中，突然轻轻笑了起来，“又过了一天，下午，我们从外面回家，精疲力尽，在门口瘫着，就在大家彻底绝望的时候，突然看到我爸爸——从街的一头走过来。啊呀！”

李大同被那种描述感染了，似乎看到了那幕场景——她的干枯的父亲，拖着疲乏的几乎丧失了血肉的皮囊，踽踽于路的尽头。

“我妈也是。”他说。

“唔？”

“没那么久，”他解释道，“她丢了三个多小时。”

“去医院看了吗?”她问。

“开了药，但我觉得没多大用。最近一段时间，她的情况越来越严重了,”李大同忧虑地说,“喏，昨天晚上看过的电视，今天她就不记得了。”

“我脑中的橡皮擦……”

“什么?”

“一部韩国电影，说的就是这种患者,”她解释道,“只要得了这种病，就像脑海里有一个橡皮擦，慢慢地擦掉全部的记忆，遗忘朋友，遗忘亲人，最后，连自己也会遗忘……”

他打了个寒颤，如果人的记忆被挖空，那还算是活着吗?

“有一种手环,”小渔从手袋掏出一个黑色化妆盒，对着后视镜补着眼妆,“专门给老年痴呆患者用的，可以定位，也可以通话。这样就走不丢了。”

“嗯，哪天我也去买一个。”

其实，李大同想问的是她爸爸后来怎么样了，但他终于没说。

她把化妆盒啪地关上，放入手袋，看着对面的君威大酒店。“就在这儿靠边吧，我过马路得了。免得你还绕一圈。”

他在道路凹形处缓缓停下，下车后，她又拉开车门:“一个半小时后你再回来。”

他点点头。

小渔离开后，他将车拐进一旁的龙脊路。

他记得龙山养老院就在那块街面上，对面是龙脊广场。有一次载客时他偶然看到了招牌。

他进来时，大堂里坐满了人。有的茫然盯着电视；有的在下棋；还有一些人挪着步子。但不能说是老年人，不能这么说。有好多人，虽然年老，但劲头很足，比自己这些所谓的年轻人更足。只能说，这是另一种老年，或老年人的一种族群——因为各种各样原因将他们刻画成了这副模样，迟钝，呆滞，缓慢。

前台是一位四十多岁的精干妇女，一只手拿着座机话筒，另一只手用签字笔匆匆记录着什么。他扒在桌台上——等这通漫长的电话结束后——向她咨询入院事宜。他还未来得及询问费用，就被无礼地打断了，“你预约了吗？”“没有，”李大同说，“还需要预约？”“那当然，不预约我们是不接待的。”一种不屑从她脸上泄露出来。“预约的话，”她翻了翻一个蓬松的账簿，“现在也排到了 393 号。”“什么意思？”“就是说，还有 393 个客户在前面排着队呢！”

“你就说——我们这儿没位置了，或者不接待了。不就行了？”他的心情本来就不好，又遇到这么一个怪相。

“咋子喃？”女人不再憋腔憋调说椒盐普通话，语声锋利起来，“我说错了唛？我哪句说得不正确唛？”

“你什么态度？”他拿手指敲着台面。

“那你说啥子态度？”女人的面目更显刻薄，“我应该是啥态度？未必你听不懂重庆话？”

李大同不想跟她吵闹——再说跟女人是吵不赢的——闭上嘴准备离开。一个人扒开围观人群，从后面钻出来，大声叫道，“怎么了？”女人一看来者，马上又换了一种表情。“程总，你来了？”

李大同回头，两个人都愣了。

“大同啊！”

“程小兵？”

“散了散了，”程小兵挥手，“该干吗干吗去。”

人群轰然就散了。程小兵拉他到自己办公室，他推说还有事——明明是真有事却被他演绎得像是假的那样。

程小兵送他回到街面上，握着他的手：“大同，如果确定要把孃孃送到养老院，我来想办法。你的事我们都听说了，总会有办法的……”

李大同心里抖索了一下。道了声谢，慌忙钻进车里，踩着油门跑了。直到回到接小渔的地方，他才松了一口气，把靠背放下来，疲软地靠在座椅上。

从清早到现在，他始终处在那种难以名状的紧张之中。窗外，不知道是不是阳光的原因，路边的人影和街景有点恍惚。忽然，一个穿着青花瓷短旗袍的背影从车旁经过，一种久违的感觉霎时回到他的脑子。他跳下车，紧紧跟了上去——但在丁字路口，却全然不见踪影。就在这一刻，身边的建筑突然都矮了下来，他发现自己也变小了——身处人声鼎沸的石灰市菜市场，那身影再次出现了，站在一个摊位前挑选藤菜，在她腋下，挎着一个塑料菜篮，里面放在一堆勒排，那是他最爱吃的。他隔着熙闹的人群叫道：妈妈！但她充耳不闻。他不知道为什么妈妈不答应。从人群里挤出来，冲着对面跑去，可摊位上空空如也。他惶然地问那个菜贩，我妈呢？菜贩笑了，露出牙缝里的菜叶，我就是呀！他惊惧地看着那个妇女，不，你不是。他慌乱地跑出菜市，看到妈妈蹲在对面看着他。他扑过去，妈妈笑着，突然把脸皮一点点揭开，一个满是皱纹的恶婆对着他狞笑。他吓得魂不附体，大叫：妈，救我！妈……

他醒了——车窗玻璃在手指叩击下发出“笃笃”的声响。

“你怎么了？”上车后小渔问道。

“唔，眯了一会儿。”他嘟哝着，身体的许多部位还未完全苏醒。

“我是说，你怎么哭了？”

他摸了摸眼角，因为被冷气吹干的缘故，那里沙沙的，挤满了盐津。

“做了个梦。”他含糊地应答道，使劲揉了揉脸颊。

“有点惨白，”小渔扣好了安全带，看着他说，“你的脸。”

“没事，就是累了。”

“走吧。”她闭目靠在副驾驶上。

一直都是这样，每次她刚回到车上，都是这样一种了无生趣的形象。

在内环高速，快要下道前，手机响了。他犹豫地看着闪烁的屏显，小渔被惊醒，说接啊。

他按了接听键，将手机换到左手，放在耳边。

“你在哪儿？”班长问道。

“在——家里。”他张望了一眼，黄昏已经完整地覆盖了道旁的草坪，那些低矮的灌木在暮色里飞驰。

“我就猜到你会这么说，”班长有点咬牙切齿的，“你不要命了，还在跑车？”

他问：“程小兵给你打电话了？”

她说：“我在你家。”

他问：“程小兵说，我们都听说了。怎么是‘我们’？”

她说：“赶紧回来，什么都不用买。”

他挂了电话，作了一个抛手机的动作。

小渔好笑地看着他——现在她又恢复了那种有生命的神采——“老婆？”

“不是，”他说，“女同学。”

“嘀，有故事。”她马上振作起来。

“读高中时，我给她写了三年的情书。”

“写了三年？”她觉得这有点不可思议。

“对。”他熟稔地摇动方向盘，只有在车上他觉得自己是生动的，像鱼儿那样自如，轻灵。那些笨重的钢铁犹如变成了他的器官。“但我没给她，一封都没有。”

“为什么不交给她呢？”

“我也不晓得。”

“她很漂亮吧？”女孩对这样的故事总是比较感兴趣。

“算吧。”他用余光扫了一下小渔。当然，说到底，班长的美只是一种遥远的自己记忆深处的印象，无法与身边的这位女孩相比——在一本杂志上他曾读到过一个词，“美艳不可方物”。他始终不能理解这到底是啥意思，但他觉得，小渔就是这样的。

“那她知道吗？”她问道，“那些信？”

“知道啊，全校都晓得了。”他笑，“一个男同学，恶作剧，把那包——一百一十封信从我桌子里翻出来，贴到了校门口的黑板栏上。”

“那你肯定出大名了。”她也笑。

“是啊，”他感慨着，一些回忆渐渐涌了回来，“因为马上要高考了嘛，给她造成了很不好的影响，她爸妈都知道了，还到学校找老师闹了一场。”

“后来呢？”

“没有后来了。我退了学，就没再见过她。”

“可惜了。”

也不知道她是在惋惜什么。

“其实，”他停顿了几秒，说道，“一年半前，我们又遇见了。”

“挺好啊，再续前缘呗。”

“嗐！哪有什么缘不缘的，她孩子都老大了。”

他将脚尖轻轻点在刹车上。

进门时，李大同看到菜已经摆上了餐桌：清炒莴笋叶，番茄鸡蛋浓汤，青椒耳丝。

连母亲的脸上都带着一丝喜气，家里好久没来过客人了。

班长拿着锅铲从厨房里出来，盯着他手里提的那盒紫燕百味鸡，“说了不要买，”她说，“还有一锅红烧纤排，马上就好。”

他将盒子解开，解释说，“给我妈买的。”

母亲嗜好吃鸡，喜食甜食——可她牙齿脱落得厉害。这种卤鸡是仔鸡制作的，肉质比较松软，带着微甜，合她胃口。偶尔遇见他会给她带回半只。

三人坐在餐桌边，母亲很快就吃完了——这两年她的食欲下降得厉害，每次吃饭要哄着才多吃那么一点点，今晚算是不错的了——扔下他们，出门到坝子上看广场舞。

“你妈，单独出去会不会有问题？”班长知道母亲走丢过一次。

“没事，”他说，“我在她每个口袋里都留了纸条，也不会走远，她就喜欢那个闹热。”

“老年人都这样，怕静。”班长突然笑起来。“对了，你妈开门时把我认成了你前老婆——”她学着母亲的腔调，“哟，艳芳，你出差回来啦？”

“我跟她说，艳芳出差了。”

“你们离婚这么大事——她都不记得了？”班长怔然。

“老实说，我怀疑只是她心里不愿承认这个现实而已。”他夹了块排骨，一口包在嘴里，咕哝说，“你做的菜真好吃。”

“是你的要求低，我哪里会做菜。”

虽然这么说，但班长看起来还是很满足。

两个人突然不知该说什么了。

沉默少顷，班长低声说，“听教授说，你又有新的情况了。”

“是啊，胆管堵塞。”他想，这就是班长，什么讯息在她那都不会过夜的。

“这种情况，”班长担忧地说，“要尽快做支架引流啊。”

“我已经跟教授定了手术时间，周六，”他放下筷子，“所以，我要赶紧把一些事情处理完，房子什么都好说，主要是车，有点麻烦。”

“哎，你就莫想那么多，这些杂事交给我们来处理，”班长又问，“真要把你妈送到养老院？”

“只有这个办法。”他说。

“也好，”她突然说，“有个事，我没告诉你。”

他静静地听着。

“前几天，我建了一个同学群，大家都很热心，我们在商量，看看怎样能够帮到你，”她顿了顿，“我知道你自尊心强，你也不会跟同学张口，所以自作主张了。”

他暗忖，所以，不光是程小兵——全部同学都知道了。

“我晓得你要怪我。”班长低声道。

“哪有……”他口是心非，“反正迟早都要晓得的。”

饭后，他送班长出来，绕过人声鼎沸的社区广场，在健身器械那边的台阶上停住了。他扫视了一眼，在影影绰绰的人群里找到了母亲——在一群广场舞大妈的后面，手脚并用，看起来迟滞、僵硬而又滑稽。

“啊呀，”班长慨叹着，“我还记得，那时候你妈妈一头长发，可漂亮呢。”

他有点黯然。搬到新家不久，母亲就有点丢三落四了。他没以为然，人老了嘛，忘性大是正常的，再说换了新环境。可是有天，母亲把自己都弄丢了。那次，母亲像往常那样自个儿去渝北中医院透析，他拖了一个客人到火车北站，回去稍晚，快一点了。发现她没在屋里，厨房里，清早剩的稀饭还留在灶台上，老人机扔在沙发上。寻到医院，说十一点结束后她就离开了。回到家，打了几个电话，没人知道她在哪儿，门卫也没见过她。一个小时后，他坐不住了，沿着小区至医院这条路线梭巡，一无所获。后来，他在医院背后的一个儿童游乐场——也不知她是怎么走到了这里——找到了她，呆滞又茫然地坐在石凳上。看到儿子她就哭了，像犯错的小孩那样，既委屈，又羞耻地哭了起来，说她找不到回家的路了。现在更糟了，她犯迷糊不是偶尔的事了。

可当年，母亲也是聪明能干的，解放碑百货商场一枝花呢。照相簿里，年轻的母亲虽然穿着简朴的连衣裙，仍然风姿绰约。可他没承继到什么优点——母亲是大眼睛瓜子脸，他却长了一张团脸，狭长的单眼，像父亲多一点。听母亲讲，父亲是开电车的，那时电车可是不得了的。那是一种荣誉，在社会上也很受尊重的。父亲开的2路电车，起点就在解放碑，每次经过大同路，母亲就站在商场外远远冲他招手。所以，这才有了后来的“李大同”。哪里想得到呢，时间随便翻了翻篇，原来还挺骄傲的司机，售货员，就成了最卑微的底层职业了。就像母亲，她不是一点点变老的。而是顷刻之间，她的一个闸门盖被偷走了，她的记忆迅速流失，这使她突然变成了另一个人，邋遢，消瘦。很快，她就会忘记自己拥有的一切。

“你妈做菜也好吃，”班长突然说道，“有一回，我来你家，你妈做的是糖醋排骨——嗯，好吃啊！”

“你还记得？”李大同莫名觉得温暖起来。

“说明我也老了。”

“瞎说，”他白了她一眼，“你还这么年轻。”

接着又补充道：“你现在比年轻那会更有味道。”

班长捂嘴笑。

“那你是真瞎，”随后她有点低沉，“年轻时，我——”

“这几天，”李大同赶紧打断，“我想通了一件事。”

班长侧耳挨过来，他说：“就是啊，命运这个东西，基本上不是一种选择。”

这时，短暂沉寂的音乐突然响起，昏暗的广场轰然被炸开了一道口子。

班长走后，他在电脑上查了一会儿资料，就觉得撑不住了。半夜，他被一阵窸窣的动静弄醒——拉开卧室门，客厅没有开灯，电视屏幕闪烁着，但没有声音——他一下就懂了，母亲想要那点嘈杂，但又怕吵到他睡觉。只是，客厅没人，他探过去，看到母亲手里拿着什么，在厨房里转来转去。他将走廊灯打开，“妈，大半夜的你在找什么？”她迟钝地说：“我要找我的温度计。”他说：“温度计不就在你手上嘛。”

他把母亲搀到沙发上，给她把声响调出来，告诉她，他不怕吵。母亲笑：“是哟，读书那阵，天天早上扯都扯不起来，雷都打不醒。”

说笑一阵后，他试探道：“妈，我带你去一家养老院看看吧。”

“养老院？为啥子去那里？”

“因为比在家里好玩呀！”接下来，他给母亲讲，到了养老院，又管吃又管穿，洗衣做饭都不用自个儿；养老院要么在郊区，要么在山上，风景好，空气好；重要的是，有很多玩伴，耍事多。每天下棋啊，打乒乓啊，还有很多节目……

母亲明显被他的描述吸引了，但又突然警醒起来：“我去了，你一个人咋办？”

李大同搔了搔头，来了一句：“妈，艳芳很快就出差回来了，咱家住不下呀。”

“要是这样，”母亲故作委屈，“我给你们腾出来就是啦。”

他伸臂揽住母亲，心想，这就是妈呀！哪怕她什么都忘干净了，连自己是谁都不记得了，她仍会记得自己的儿子是谁。

礼拜四，与平常无异的一天，忙碌的一天。小渔早早就给他发了微信，问他下午两点多能够来不。

收到信息时他正在公司，商议整车转让的一些具体事宜。总是这样，解决问题比问题本身要漫长得多。他本应该留在公司继续纠缠，但他放弃了——开着车去接小渔。

这天不算顺利，到处都堵。

经过内环出口时，他们同时看到道路上的玻璃碎片，在阳光下强烈地反光，追尾的三辆车被摆到了应急道上。

“我吧……”不知怎的，他有些忧伤，“跑了十年公交，就一条线。你说，我是不是应该很熟悉那条线路了？”

他兀自往下讲道：“要说熟悉，那肯定熟。我们跑线的司机都熟，就像肉烂在锅里，在心里烂化了。可是呢，哪个司机又不出点事，扯点拐？还不是要擦刮，追尾，甚至还有车祸，都是可能的。这说明啥呐？”

小渔侧身看着他。

“就是说，再熟的事物都是表面的，但事物总是运动的。”

她眯着眼，认真地扫视了他一眼：“你今天是怎么了？”

“没什么，就是有点小感慨。”

“不可能。”女人对情绪的变化多少要敏感一点，而她又是格外敏感的那种人。

“就是有点舍不得，”他摩挲着方向盘，说道，“这个东西。”

“怎么，不准备开车了？”

“迟早的吧，我准备把车卖了。”

“不挣钱？”

“那倒不是，”他解释说，“胆管堵塞，不动手术不行了，车不能闲着，一天是一天的钱，耽搁不起。”

“哦……”小渔的神情顷刻就沮丧起来。

他觉察到了，告诉她，已经为她物色了一个新的司机，非常可靠。但她一点反应都没有，不知道是生气，还是失望。

说话间，车从路边高耸的丽人医院的广告牌滑过，接着，在十字路口右拐，匀速行驶三分钟后，他将车平稳地靠到金岛花园的门口。

小渔抓起挎包，略带一丝犹豫，“今天，要久一点。要不……”

“没事，”他说，“我等你。”

“好，出来前我给你发微信。”

说完，她就往小区入口走去，很快就消失在建筑的背后。

小渔离开不久，李大同随手打开了约车软件，几分钟后抢到了一单——松树桥到照母山。距离合适，线路也好，不易堵车，不耽搁事情——她出来之前，他早就应该回到这里了。他很满意。

那是电子校背后的一片老小区，从窄小的巷口穿进去，里面犹如一张蜿蜒的蜘蛛网，他必须格外小心，才能避开那些怒气冲冲的行人。他握着手机，一边通话一边缓行，行至那个锈蚀的赭色消防通道门处，一个瘦削的男人从一旁的黄桷树后走出来，抱着一个女孩，闪身进到车内。

他缓慢地开出巷子，回到新牌坊大道上。一只手扭动着方向盘，另一只手抓起墨镜架在鼻梁上，透着后视镜观察——女孩儿头部横枕在他的大腿上，凉鞋无力地搭着车门。那个中年男人将一个方形包裹从脖子上解下来，搁在一边，从裤兜里摸出两张餐巾纸，擦拭着脸颊上的汗水。他伸手将冷气调得更足一些。他胸口，格子衬衣已湿透了。

他问道："大哥，娃儿怎么了？"

"生病了，从昨晚开始，烧到现在，"男人将纸巾伸进胸口，"好不容易，刚刚睡着了。"

"哦，"他确认道，"您到照母山？"

"是。"

"您具体到哪儿？"他尽力平和地解释，"照母山太大了，那里是新区，刚开发，我也没怎么跑过。"

"那个，你只管走，就到植物园背后……"男人突然就不说了，脸部神经质地抖了一下。

"植物园我知道，"他瞟了一眼镜子里的男人，提示道，"那片都是工地哦。"

男人没搭腔。

他继续问道："您看，我们走哪条路？我看导航上金开大道有点堵。"

"哎随便了。你往那边开就是！到了我会说。"男人不耐烦地甩了甩头发。

"嗯呐！"他说，"您前方有一个百宝箱，里面有风油精、藿香正气水、湿巾，如果有需要请用，我就不打搅了。"

看到男子闭上眼靠在车座上，李大同轻巧地扭了扭盘子，从高速路口一侧下道，急速驶出。

四五分钟后，男人张眼望了望车外，霍然叫道："你，你怎么又转回来了？”

“前面堵死了。”他说。

“放屁！赶紧给老子调头！”男人观察一秒后，惊慌地举起手上的包裹，“这里面全是火药——信不信我炸死你！”

“炸吧，”他说，“前几天我还做了这样的梦——我很幸运，开车被一个劫匪炸死了。”

“你他妈是有病吧？”男人嘶吼道。

“你怎么知道的？我多想被炸死啊！我买的意外险就能派上用场了。”

男人从背后抽出一把水果刀，抵着他的后颈：

“快！调头！”

“来呀，捅下去。”

“你个龟儿，真不怕死？”

“怕啊，怎么不怕！”他暗暗在油门上加了一点力，一头撞进新牌坊派出所的院内，接着是尖锐刺耳的刹车声。

“你还有一秒钟的机会，能不能成全我？”李大同回头看着瑟瑟发抖的男人——刹车时，脖子被刀刃蹭伤了，渗出的血在T恤领口上渐渐扩张——几乎是竭尽全力地吼道：“能不能啊？！”

从派出所出来是接近两小时之后了。李大同赶紧驾车回到金岛花园门口，停在空坝子上候着——小渔一直没有来信。

他在车内靠着，脑子有点恍惚，身体也是，一种血往上走的虚浮之感。窗外亦是一片昏黄，远处已有些霓虹开始闪烁。牛油的香味随着排风扇的鼓动，渐次弥散在空气中。沿街的一家火锅馆门口，等位的客人无聊地坐在塑料凳上，嗑着瓜子儿。

他看看手机，快六点了。怎么还不出来？他暗忖道，或者是她出来没发现自己，便直接打车走了？应该不会。小渔很有时间观念，说好一个小时就是一个小时。如果时间延长，她也会给他微信留言，或提前告知，当然这种情况不多。但今天这种状况他几乎没有遇到过。呃，等等，她下车前说过，今天要久一点。或者，她还没出来吧。

他觉得不能光等着——找到小渔的电话，想要拨过去，但又觉得不妥。他在微信上留言："我在等你。"

又等了小一会儿，他试着拨了小渔电话，关机了。未必她早就走了？又或者，她不回复应该是有什么别的事情，没看到或者不方便。

这天，直到临睡前，小渔仍然没有回复微信——当然，她凭什么要记得这个事。兴许她没看到他就直接打车走了。虽然这种事情之前从未发生过，但凡事总有第一次吧。再说，他提醒过了——虽然他没透露这个时间是礼拜六之前——以后他不可能继续为她服务了。他为她物色了新司机——如果她愿意，只是她还没答复，或者没空答复。

想着想着他就睡着了。

翌日早晨，李大同上了一趟歌乐山。他在网上查询过，主城里，歌乐山的养老院最为密集。有个老年杂志还做了一个歌乐山养老的专题。他按图索骥，挨家问询。先查看了山上一家高端性质的养老院，环境是真好，原来的空军招待所改建的，住宿条件接近星级宾馆，食堂和健身场地，都很宽敞。费用自然也高，这种地方肯定不是李大同的选项，但必须要了解，包括很多容易疏漏的细节，以便作为一种参照。随后他接连打探了好几处，也看中了其中一家，农村小院，硬件不能算好，但干净卫生，护理人员不多，但比较精干专业。这里除了日常娱乐，还有农作的消遣——对母亲的病情是有益的。最关键是，附近的社区医院作为重庆医科大学的技术指导试点单位，可以就近进行透析。下山前，他找经理要了一张名片。

行至杨公桥转盘时，班长来电了。

“这么大事都不告诉我？”听起来她有点生气。

“出什么大事了？”他有点心虚，“杨教授又给你说什么了？”

“杨教授那倒是真有新的消息，但不是这个事！”

“那还能是什么？”他摸头不知脑。

“别装了，你先过来，”她说，“龙山路美食街，乡村老灶房。”

“我装什么？”

但她已经挂了。

对班长，他的心情是复杂的。他一边在心里是依赖她的，但一边又是暗暗抗拒她的。这感觉很奇怪。

重逢之后，母亲就诊的各种事项几乎被班长包办了，简言之，她作为了李大同的一个替身，因为她的帮助，很多繁琐都变得简单直接了，比如门诊，拿药，报销——这些曾让他头痛的麻烦突然就消失了。与此同时他们也渐渐朝彼此走得更近了一些，比如午间小小的聚会，或者一块去看一场电影。不过，最多的还是馈赠，有时是一袋香米，有时是月饼票或者粽子，甚至包括清凉油什么的。那些单位福利似乎统统是为他发放的。基于这些提示，他对她的亲密仍有一点距离感，或说尊重大于亲近。

他很少打听她的私事。唯一公开的是手机屏保，她的是女儿的近照，青春靓丽，比她高中时更为明亮。

一度，他们走得很近，前所未有的近，直到——两个月前，这种关系又被一种距离隔开。

那次，她联系了几个同学去走马岭桃花节，临到出发，只有他们两个人——或许根本就没有其他人。因为路线，农家乐，联络都是她一个人设定完成的。

他们去了走马，在古镇驿道和桃花林里给她照了许多照片。黄昏时，他们来到预订的农家乐，她喝了不少酒，而他仅仅喝了一瓶啤酒——当晚，她很兴奋，说要看星星，他陪她坐在庭院里，后来又被她拉倒溪水旁，并排躺着望着星空。——老实说，这是他为数不多的甜蜜而感动的时刻。在草地上，他们很自然地朝彼此挪动，先是她握住他的手，随后他拥抱她，接着是亲吻。那瞬间他大脑几乎丧失了，一片空白。

回到农家乐上他们都像气泡一样轻飘飘的，晕乎乎的，两人不约而同去了她那间房。可她在卫生间洗浴时，她的手机震动起来，屏幕上显出两个字——“老公”。就像被什么撞了一下胸口，他霎时清醒了。他悄悄离开房间。夜半时分，他突然就醒了，但梦还历历在目——不知是谁给他一个晶莹剔透的冰球，让他带回家去，他欢天喜地地推走了。走一路，冰球就小一号，越来越小，原本像健身球那么大的冰球，倏尔就变成了乒乓球大小。离家还早呢，冰球就只剩烈日下的一块小小的水迹。

第二天，他载她回程时，她仍然说说笑笑，就像根本不记得昨晚的事；抑或，昨晚根本就没发生过什么事。幸好没有。

半小时后，李大同将车开到龙山轨道站一旁的四季美食街。在街面找到了那家装修得古香古色的二层餐厅——老灶房乡村菜。等服务员带他进到二楼靠窗的大包房时，赫然吓了一跳——满满一桌人齐刷刷地站起来，热情洋溢地迎接他。慌乱、诚惶诚恐之余他还是很快辨认出来了，这是程小兵，这是王学渝，这是王明明，这是沈小琴，还有两三个他一下记不起名字，但轮廓却是熟悉的……他瞥了一眼人群里的班长，他相信这与她有关，但不知她葫芦里卖什么药。

程小兵将他迎上主宾席。

他在耳边惴惴问道："今天怎么回事？"

"先坐先坐，大家好久都没见到你了嘛。来，来——"程小兵给他牵开靠椅，一边说，"大同，你现在可是名人了哦。"

"什么名人，就是个路名。"大同苦笑。

"你真不知道？"

班长从包里取出一份《都市热报》，推了过来。大同看到，自己竟然出现在头版上——双手扒着桌子，怒视着一个戴着手铐的低头男子。他终于知道怎么回事了，昨天在派出所，有个挎相机的男娃儿转着圈地啪啪拍照，还问了他几个问题。他以为那是派出所的人呐。但还是有点懵。

旁座上突然伸来一只手，李大同赶紧握住。那个人说："还记得我不？"

"刘——"，他脑子里打结了。

"对，刘强，"班长及时替他解围，"人家现在是资深媒体人啊，晨报社会新闻部的副主任，专门为你的事来的。"

"哦，哦！"他窘迫地躬身，差点就说出"久仰"了。

刘强很感兴趣地问道："大同，你怎么就断定那个男的不是好人呢？"

“对啊对啊！”

其实报纸上都写到了，但大家仍起哄着，想听他亲口说。

“其实很简单。”李大同告诉同学们，首先，他觉得上客的地点是有问题的——那一片，让车进来，比抱着孩子走出去更耗时，常理上，步行只消二十米就可走到主道上，打车更方便，何至于网约车？此外，那个男人说孩子发高烧，高烧应该是脸膛通红，孩子却脸色煞白——而且从头到尾，孩子一直沉迷不醒，不像睡着，更像是被下了迷药。最关键之处在于，男子说带孩子去看病，要去的却是照母山——那里刚刚才开发，到处是在建新盘，根本没有医院。即便有，正常情况也不会带孩子往那边走啊。综合以上，再结合他对男人的观察，觉得他可能是人贩子，将孩子迷晕带走。“但是——”李大同解释道，“我也没算到，他就是孩子的父亲。”在派出所他得知，男人拐的是自己的娃儿。孩子两岁时，他坐牢了，妻子带着孩子在重庆务工，后另嫁。可这个男的没骨头啊，出狱后继续鬼混，欠下赌债。因此想到这阴招——偷孩子作人质胁迫前妻。

“老司机！”大家纷纷竖起大拇指。

这时程小兵敲了敲杯子：“请班长发令吧。”

李大同莫名心悸了一下。

“今天我们坐在这里的原因，大家也都知道了，”班长端着酒杯站起来，“为大同。”

“为大同。”同学们一饮而尽。

这个饭局是这么回事。

关于聚会的议程，班长提出好几次了，但总凑不起来。上午，王明明在微信群里发了这个报道链接，瞬间就炸锅了。毕竟是亲同学啊，大家都很激动，你一嘴我一嘴的。后来，不知谁将刘强——他是高三那年来的插班生——也拉了进群。大家说，媒体老板凳嘛，总归办法多一些，脑回路也更大一些。刘强呢，确实能干，经他简短梳理，事情很快就明晰了——由他安排记者撰写稿件，先通过媒体进行报道，有可能的话，进一步与重庆卫视的相关栏目编导对接，谋求更为广泛的关注。于是，饭局很快就定了。然后，李大同就被班长召唤到了这里。

听着他们热烈讨论，李大同有种云深不知处的惶然。昨天小渔讲到了聋哑人是怎么聚会的。此刻，他觉得自己就像是一个聋哑人。

程小兵放下酒杯，感慨道，这李大同读书时闷声闷气的，看起来老实蔫吧，原来胆子这么大——要知道，那个歹徒包里真的放着火药呢。刀子也是开刃了的。

作为反驳，王学渝讲了一件事：高一刚开学那阵，夜自习时，一个足球嗵地砸进教室。外面有声音吼道，让他们把球还回去。有人——可能是女生——回了一句，自己不会进来拿吗？不一会儿，高年级的“大傻”气势汹汹闯进教室，问刚刚是谁在说话，当然没人承认了。可这时李大同站起来说“是我”。两个人对峙了两分钟，结果，“大傻”竟转头走了。什么事都没有发生。——有意思的是，尽管他们讲得绘声绘色，但李大同全然已不记得，如同是发生在另一个陌生人身上的故事。

不管怎么说，大伙的热情还是让李大同感到一种久违的温暖。他端起面前的白水，敬了大家一杯。当他致谢时，程小兵笑嘻嘻地说：“要谢就谢班长——我们可啥都没办啊。”

沈小琴还是当年直愣愣的脾性，接话说：“班长做点什么也应该啊，谁让她那么狠心——都要高考了，非逼着大同退学。又不是什么了不得的事。”

此话一出，饭桌上陡然沉默了半秒。

李大同忙说：“是我自己要求的。”

沈小琴说：“呵呵，既然当事人说了，就算是吧。”

班长有些窘迫：“确实怪我。”

还是程小兵灵醒，赶紧把话题岔开：“要怪怪我，谁让我把大同的情书张贴在黑板上。”

李大同笑：“绕来绕去，还是只能怪我，如果我不跟你打架，也就没有后面的事。再说，信是我写的，要是我不写——也没这回事。”

沈小琴也适时地和缓了氛围：“要是你不写，你可就闷在心里长荒草喽。”

大家哄笑起来。

没多久，同学们已拟出了一则大纲：周六，大同不是要去做胆管引流手术吗？刘强负责带着摄影记者随同，跟拍他的诊疗及负责对主治医生采访——“在一个平凡英雄的背后，其实还隐藏着这么一出悲情人生的特写，对读者和对社会的冲击力是强劲的。”

大同木讷又不安地听着，几次想要夺门而逃，但终归做不出来这等事。还好，他暂时得救了——一位汗津津的大汉突然闯了进来，也是同学，江北区公安局的王大进。大进上学时就喜欢迟到，据说每次聚会都是，但这次迟到得有点过分了。在同学们的谴责声里，大进作了一番沉痛的忏悔，随后又私下拉着大同，安慰了几句。

因为他的到来，早该结束的聚会不得不往后延了一会儿。大进说忙到现在还没进食。大伙儿问，你忙什么饭都顾不上。王大进猛地扒了几口饭，说，哎，别提了，遇到了一个又邪恶又恶心的案件。他说话时米粒噗噗地从嘴边往下掉。

禁不住大家声讨，王大进还是讲了：

昨半夜，金岛花园发生了一起火灾，一间民宿燃起来了。

大伙哗然，火灾算个锤子！

王大进微微一笑：“你听我说嘛。”

火灾自然不算什么，消防武警将火势控制后，踹门而入，发现床架上还有一个人，武警在那人身上搭上一张毯子背出去了，到外面灯光下一看——诡异的事情发生了，大家发现，这个人只有身体，是没有头的！

“啊？！”大家惊道。

这个案件不难侦破——种种迹象表明，纵火应是人为的，目的是为了掩盖罪行。那个家伙够蠢，想的是半夜纵火，神不知鬼不觉把罪证和受害人一块儿烧得干干净净。可他也不想想，半夜不堵车啊！半夜空气多清新啊，楼上邻居很快就发现失火了，给物管打电话。物管来一看，马上打了119。你们晓不晓得，消防车转个角就到了——武警总队就在隔壁的大街上，狗×的他也不提前做做攻略。干警找户主核查，一边调监控，很快锁定了嫌疑人。今天上午案犯就归案了。王大进继续说，这个家伙，不知有什么变态心理，找个女人——哦，他是通过网络约去的，现在很流行这种——到这间民宿。女人一进门就被他控制起来了，折磨完之后，把她绑在高背椅子上，对着镜子看自己被割喉……

“别说了！”沈小琴哇地吐了。

“明明是你们逼我说的。”王大进很委屈。

李大同感觉到浑身冰冷，拽着王大进：“金岛花园？”

“是啊。”

“昨晚上？”

“是啊。”

“那女的是不是姓佘？叫小渔？”

“不是，哎，你——”

李大同站起来，失魂落魄地下楼走了。

金岛花园失火的那栋楼在A区，一栋二十四层的高层建筑——那个满是黢黑疮痍的豁口在第十一层，此刻，它茫然地望着天空。

李大同在楼下蹲了十多分钟，进进出出的行人很少看天。昨晚上的灾难，现在已经被他们遗忘得差不多了。

他掏出手机，试着拨打小渔的号码，依旧是关机。接着，他翻出她的微信，发送留言："你在哪儿？"打字时他清晰地发现自己的手指在颤抖。

小渔的微信仅有两条，都是转发，一条是度假攻略。标题是——《你去过吗？这些海岛美若天堂》。一条是海淘热品推荐。他点进去，发现这个微店已经打不开了。总之，从这两条微信里得不到任何有效信息。更无法判断那个惨死的女孩是不是她。但一个事实是，从礼拜四下午他看着她进到金岛花园后，她就与他失去了联系。

王大进说，死者不姓余。慢着，小渔就真的姓余吗？

李大同无端端地想到了小渔的一句话。

跟那忧郁的神情完全不同，小渔其实很健谈，或者说，她愿意跟他交谈。而且她什么都知道一点。跟她聊天是愉快的事。可是有一次，他问她对于死亡怎么看，她却沉默了。

他问她为什么不说话？

她说，死是一个真事情。

十几分钟后，李大同开车来到宝圣湖的桥头——第一次见她的地方——呆坐了一阵儿。

这二十多天，李大同已经非常熟悉这片湖滨了。但实际上，这是他头一次认真地审视这个地方，以及它与小渔的关系。

这条湖滨小道，一侧临湖，也就是公园，另一面则是一片逐渐升高的山崖，崖坡上是一所职业学院——从路边竖立的广告来看，似乎是培训空姐的学校，也许就是一个招生的噱头。除此，这条路上再无门店，更无民居。那么，小渔住在学校里？

他一直不愿相信小渔是这儿的学生。她太成熟了。不是说她长得成熟，而是说，尽管她看起来还非常年轻——最多二十三四岁，但从言行到举止，她却有着一种成熟的形象。她懂得很多，说话轻描淡写却又玄虚——等等，他当然知道她是干什么的。

他当然从没问过，她也没说。但他们彼此都知道对方是知道的。

这时，李大同看见一群身着健身服的老太太有说有笑地从一侧的崖坡上下来，原来那里有一条捷径。同时他第一次发现，在小径一旁，被藤蔓缠绕的那一面石雕花架下面，有一条长长的石椅，一对情侣亲昵地依偎在一起——如果不是他们嬉笑地站立起来，前排的灌木会完整地遮蔽他们。此刻他猛然意识到，那天，那一次，他的全部举动应该都被灌木后的小渔看在眼里——她是那么聪明的一个人，她不可能不知道。

他沿着那条小径往崖坡上行，约三分钟就到了一片坝子上，坝子很小，中间是一个治安亭，在岗亭两边，各有一条路。他张望着，一条路应该是通往学校后门，而另一条，延伸至前面，那里是一片影影绰绰的洋房，紧临着这片湖泊的另一侧。

小渔每次晚上用车，但都是接送，她从不过夜。在这方面她总是非常小心——因为她特别恐惧于自己的梦。

有次她提到过一个梦。

她说自己在一条街上走，前面两辆满载货物的大卡车，互不避让。其中一个卡车别了前车一下，另一个卡车往前开了一阵，突然打盘子，横着甩过来，两个车撞在一块，轰然侧翻倒地。堵在前面的司机从卡车里爬出来，骂骂咧咧地冲过去，另一个卡车司机也钻出来，手里拿着一把刀，哗的，血就溅到她脸上了。

当时他马上就呸呸几声——倒也不是责怪什么，只是出于司机的本能——告诉她别在车上说“翻车”这个词。

所以嘛，她说，要是有你在外面等着我就心安多了。

听到她这样说的时候他心底是满足的。

他劝慰说，梦都是反的。她说，我的梦都是真的。她这样说的时候，既敏感又缺乏安全感。他觉得她曾受过什么伤害，但从没问过。总之，他乐于等着她，给她的安全感也让他自己心安。

想到这里，他开始痛悔于昨天——自己应该一直守在原地；他应该早点拨打她的电话，或者可以联系到她；又或者，他应该去报警——但这不可能的。况且那是大白天。

他走动时，手机一直在响——是班长。

铃声终于放弃了，一条短信闪烁在屏幕上："你怎么突然跑了，看到短信赶紧联系我，杨教授那有新消息，赶紧！！"

他握着手机，沿湖畔那条林间路走进去，穿过一个洋房小区，走出小区大门——宽敞的街道徐徐展开，对面不远处是一个汽车制造厂。他失去了判断。于是，他开始往回走，沿临湖的那个方向。

不知不觉，他走到了湖畔，奇怪的是，这片湖在宝圣湖公园的对面——忽然间，他懂了，这个湖，与湖滨大道旁的湖，是一个完整的湖。被道路切开，但它们仍连通着。只是看上去，或者说从不同的位置进入，会觉得这是两个独立的湖泊。

他沿着健身步道往下走去，雾气渐渐掉了下来。几分钟后，他走到一段分岔路，一条径直往前，另一条则蜿蜒下旋，延伸至底部湖畔。一个男孩牵着两只哈士奇从对面走来，他选择了下坡，避开这红色舌头下垂的狗儿。低处，有一个突然展开的平坝，坝子中间是一道彩虹形状的石拱门，仅仅是作为一种装饰存在。在这个装饰物下面，一群人——大概有接近二十人——围拢在一起，你一言我一言在议论着什么。他们背后是石栏杆，再后面就是波光粼粼的湖水，一条打捞船泊在岸边，水草和植物漫过了黄昏。当走近时，他才觉察到异样——刚才他看到的热烈就像是一种假象，犹如一群舞台上的哑剧演员，极尽夸张地指手画脚，面目生动，但他们是寂静的。这里，是完全无声的。

忽然他想起了，她说自己喜欢在一座小小的下沉式露天广场，藏在一群聋哑人当中。这应该就是那个地方了。站在他们当中，他发现，有一种无形但强硬的界限将他与他们如此清晰地区分开来，在这儿，在他们当中，自己拥有的语言反倒成了累赘，或者一种障碍。

他试着将自己投入在他们的热烈当中，他努力想要聆听到什么。渐渐地，他放松下来。

他想，就在这里等她——如果她来的话。今天是礼拜五，她会来的。